我的第一堂
俄語課

從零開始，俄語最佳入門教材！

吳佳靜 著

作者序

　　想在家或咖啡廳輕鬆學俄語，想去俄羅斯旅遊時用俄語點餐購物，想學會和俄羅斯人打招呼、聊生活，想認識俄語基本語法規則，想要開口說俄語……好多想要，本書讓您一次滿足！

　　《我的第一堂俄語課 新版》專為完全不懂俄語的學習者量身打造，只要按照本書進度，循序漸進，即可掌握俄語發音基本規則、日常生活各種交際場合實用語句、詞彙，以及俄語基本語法知識，同時擁有初級（A1）俄語聽、說、讀、寫技能，開口說俄語，一點也不難！除此之外，每課最後的「俄知識」帶您從生活、文化角度認識神祕又美麗的俄羅斯。

　　學好俄語的訣竅，不外乎多「練」與「念」。多練習，才能抓住俄語多變特性。多聽、多說是學習語言的必要過程，大聲念出來，感受俄語悅耳音調，更別錯過任何開口講俄語的機會。您一定要跟著本書所附、俄籍教師親錄的俄語原音音檔，一邊聽，一邊開口練習，效果保證加倍！更重要的是，永遠保持積極、主動學習之心，透過現代發達的科技設備，為自己打造豐富有趣的俄語學習環境，讓俄語成為您生活的一部分！

感謝高筱嘉的牽線,讓本書出版有了一線曙光,感謝政大斯語系老師們為本書內容提供寶貴建議,特別感謝瑞蘭國際出版同仁們,你們不辭辛勞地付出,終於讓本書問世,辛苦了!

各位準備好了嗎?上課囉!祝您有個愉快又美好的俄語學習時光!

吳佳靜

2024・台北

如何使用本書

《我的第一堂俄語課 新版》專為完全不懂俄語的初學者量身設計,是一本從零開始學習俄語的最佳入門教材。隨書更附贈俄籍名師親錄標準發音＋朗讀音檔,邊聽邊學效果最佳!全書分成二大部分:

PART 1 俄語字母與發音

學習語言就從基礎字母與發音開始!本書在進入正課前,先整理歸類現代俄語33個字母,從寫法、發音、再到調型,帶領讀者確實打好俄語基礎。

俄語字母
以表格列出俄語字母大小寫,以及印刷體及書寫體,並附上字母讀音及詞彙。

俄語發音
將俄語母音與子音以表格整理、分類,逐一說明發音規則。

俄語語調
以簡單的例句說明初學者必學的5種俄語調型。

成果驗收
學完字母與發音後,測驗讓您檢查學習成效!

PART 2 正課

熟悉字母與發音後，接著進入正課。全書共10課，每課皆有不同的主題及學習目標，並規劃會話、單詞、語法、短文等內容，讓讀者由淺入深，全方位且有系統地累積俄語實力。

會話
每課開頭皆為一生活會話，並附中文翻譯，聽聽看、讀讀看，練習口說能力！

> 🤝 **會話** 🎧 MP3-25　請聽音檔，並跟著一起念。
>
> Лу́кас：Кто э́то?　　　　　　　這是誰？
> Ива́н：Это Анна.　　　　　　這是安娜。
> Лу́кас：Что э́то?　　　　　　　這是什麼？
> Ива́н：Это журна́л.　　　　　這是雜誌。

單詞
從會話中延伸出相關單詞，並列出其詞性、中文、變化規則。

> 📖 **單詞 & 俄語這樣說**
>
> 單詞 🎧 MP3-26
>
> | вот | 語 | 這（就是） |
> | газе́та | 名 | 報紙（會話中的газе́ты為複數形式）|
> | где | 副 | 在哪裡 |
> | журна́л | 名 | 雜誌 |
> | кто | 代 | 誰 |

俄語這樣說
列出會話中重點句子，並解釋用法，跟著這樣說俄語最道地！

> **俄語這樣說**
>
> ▶ Кто э́то? 這是誰？
>
> Что э́то? 這是什麼？
> • 俄語名詞分為動物名詞和非動物名詞。人名、親屬稱謂、表示人或動物名稱屬於動物名詞，例如Анто́н（安東）、оте́ц（父親）、соба́ка（狗）等。表示植物、物品、國家、地區等的名稱屬於非動物名詞，例如де́рево（樹）、кни́га（書）、Росси́я（俄羅斯）等。動物名詞用疑問詞кто（誰）提問，非動物名詞用

情境用語
模擬日常生活各種情境，什麼場合該說什麼話，看這裡就對了！

> 💡 **情境用語** 🎧 MP3-27
>
> 介紹認識
>
> ▶ Меня́ зову́т Ви́ктор. 我名字叫維克多。
> • 這句話直譯成中文為「（人們）稱呼我為……」。меня́是人稱代詞я（我）的直接受詞，зову́т是動詞звать（稱、叫）的複數第三人稱形式。
> • 詢問對方叫什麼名字時，用問句「Как вас зову́т?」，此句直譯成中文是「（人們）如何稱呼你？」，как（如何）是疑問副詞，вас人稱代詞вы（你）的直接受詞，

> 請聽對話，並跟著一起念。🎧 MP3-27
>
> – Здра́вствуйте, дава́йте познако́мимся. Меня́ зову́т Анто́н Ива́нович. Как вас зову́т?
> – Меня́ зову́т Ви́ктор Андре́евич.
> – Очень прия́тно.
>
> 您好，讓我們認識一下。我名字叫安東，伊凡諾維奇。您叫什麼名字？
> 我名字叫維克多，安德烈耶維奇。

音檔序號
為了讓初學者好學習，本書由專業俄語老師錄製正常偏慢語速音檔，只要跟著大聲開口說，俄語自然學得好！

實用詞彙

表格統整該課相關的實用單詞，並依主題分類，記憶單詞最方便！

> **實用詞彙**
>
> 生活用品 🎧 MP3-28
>
> | ви́лка | 叉子 | стака́н | （無把手）杯子 |
> |---|---|---|---|
> | зонт | 傘 | стол | 桌子 |
> | компью́тер | 電腦 | стул | 椅子 |
> | кре́сло | 單人沙發椅 | су́мка | 包包 |

語法解析

以圖表整理複雜語法，以簡單易懂的說明剖析規則，輕鬆學會俄語語法！

> **語法解析**
>
> **❶ 名詞的性**
>
> ➤ Э́то Анто́н. Он тут.
>   這是安東。他在這裡。
> ➤ Э́то Áнна. Она́ тут.
>   這是安娜。她在這裡。
> ➤ Э́то журна́л. Он тут.
>   這是雜誌。它在這裡。
> ➤ Э́то кни́га. Она́ тут.
>   這是書。它在這裡。

小試身手

穿插在語法解析中的隨堂測驗，讓讀者隨時檢測是否完全理解該語法。

> **小試身手 ❶**：請按照名詞的陽、中、陰性分別寫он、оно́、она́。
>
> 例：кни́га _____ она́
> 1. ла́мпа _____
> 2. слова́рь _____
> 3. ко́фе _____
> 4. фо́то _____

短文

利用短文複習整課精華，同時訓練閱讀能力！

> Э́то Ива́н. Э́то дом. Вот кварти́ра. Здесь ко́мната. Сле́ва стол и стул. Спра́ва шкаф и окно́. Тут кни́ги, уче́бники и тетра́ди. Э́то су́мка. Она́ тут. Там словари́ и журна́лы.
>
> **單詞**
> и 連 且、和
>
> 這是伊凡。這是房子。瞧，這是住宅。這裡有房間。左邊有桌子和椅子。右邊有櫃子和

俄知識

您不可不知的俄羅斯文化，交際禮儀、美食佳餚、傳統習俗……等，統統告訴您！

> **俄知識**
>
> Переры́в! 休息一下！
>
> **俄羅斯人的姓名**
>
> 俄羅斯人的姓名由「名字（и́мя）．父名（о́тчество）．姓（фами́лия）」組成，例如俄羅斯音樂大師柴可夫斯基的全名是Пётр Ильи́ч Чайко́вский（彼得．伊里奇．柴可夫斯基），俄羅斯文學奠基者普希金的全名是Алекса́ндр Серге́евич Пу́шкин（亞歷山大．謝爾蓋耶維奇．普希金），俄羅斯著名女詩人阿赫瑪托娃的全名是А́нна Андре́евна Ахма́това（安娜．安

本書採用略語

陽	陽性名詞
中	中性名詞
陰	陰性名詞
複	名詞複數
單二	名詞單數第二格
複二	名詞複數第二格
形	形容詞
數	數詞
代	代詞
未	未完成體動詞
完	完成體動詞
副	副詞
前	前置詞
連	連接詞
語	語氣詞
感	感嘆詞

目 次

作者序 002
如何使用本書 004
本書採用略語 007
主要出場人物表 014

00 俄語字母與發音 015
　一、俄語字母 017
　二、俄語發音 020
　　（一）母音 [a, o, y, э, и, ы] 020
　　（二）不成對的有聲子音 [м, н, л, р] 020
　　規則一：母音[a]與[o]的弱化 021
　　（三）有聲子音[б, в, д, г, ж, з] 022
　　（四）無聲子音[п, ф, т, к, ш, с] 022
　　規則二：有聲子音與無聲子音的互換 023
　　（五）不成對的無聲子音[х, ц, ч, щ] 024
　　（六）有聲子音[й]與母音字母я、ё、ю、e 024
　　（七）硬音符號與軟音符號 025
　　（八）硬子音與軟子音 025
　　規則三：母音字母я、e的弱化 026
　三、俄語語調 027
　四、成果驗收 031

01 您叫什麼名字？
Пе́рвый уро́к. Как вас зову́т? 033

- 會話 034
- 單詞&俄語這樣說 035
- 情境用語：介紹認識 037
- 實用詞彙：生活用品、書報文具 039
- 語法解析： 1 名詞的性 040
  　　　　　 2 名詞的數 043
- 短文 046
- 俄知識：俄羅斯人的姓名 048

02 這是誰的房子？
Второ́й уро́к. Чей э́то дом? 049

- 會話 050
- 單詞&俄語這樣說 051
- 情境用語：招呼用語、寒暄問候 053
- 實用詞彙：職業名稱、親屬稱謂 055
- 語法解析： 1 人稱代詞 056
  　　　　　 2 物主代詞 058
- 短文 060
- 俄知識：俄羅斯交際法則 062

03 這是怎麼樣的城市？
Трéтий урóк. Какóй э́то гóрод?....................063

會話..064
單詞&俄語這樣說..065
情境用語：開口詢問、表達感謝..........................067
實用詞彙：街道景點、住家環境、常用形容詞......069
語法解析：1 形容詞...071
短文..074
俄知識：俄羅斯居家住宅..................................076

04 你在做什麼呢？
Четвёртый урóк. Что ты дéлаешь?..............077

會話..078
單詞&俄語這樣說..079
情境用語：電話用語、道別用語..........................081
實用詞彙：運動名稱、文藝創作、語言名稱、一日時辰......083
語法解析：1 動詞現在時....................................085
　　　　　2 非動物名詞第四格..........................092
　　　　　3 語言表達方式、修飾動詞的副詞......095
短文..100
俄知識：俄羅斯文藝寶庫..................................102

05 這條圍巾多少錢？
Пя́тый уро́к. Ско́лько сто́ит э́тот шарф? 103

會話 104

單詞&俄語這樣說 105

情境用語：購物用語 107

實用詞彙：服飾鞋類、顏色名稱、數字 109

語法解析： 1 數詞與名詞連用 111

　　　　　 2 指示代詞э́тот（這個）、動詞нра́виться（喜歡） 114

短文 120

俄知識：來去俄羅斯鄉下住一晚 122

06 昨天你去哪裡了？
Шесто́й уро́к. Где ты был вчера́? 123

會話 124

單詞&俄語這樣說 125

情境用語：允許與拒絕 127

實用詞彙：街道景點、世界各地、星期 129

語法解析： 1 前置詞в、на與名詞第六格連用 131

　　　　　 2 動詞過去時 138

　　　　　 3 быть過去時 141

短文 144

俄知識：俄羅斯有多大？ 146

07 你要去哪裡？
Седьмо́й уро́к. Куда́ ты идёшь?...............147

會話 148
單詞&俄語這樣說 149
情境用語：表達歉意 151
實用詞彙：文藝休閒、交通運輸、樂器名稱 153
語法解析： 1 運動動詞идти́ – ходи́ть、éхать – éздить現在時 157
　　　　　 2 不定向運動動詞ходи́ть、éздить過去時 162
　　　　　 3 動物名詞、人稱代詞第四格 166
短文 170
俄知識：首都交通運輸 172

08 你明天將要做什麼？
Восьмо́й уро́к. Что ты бу́дешь де́лать за́втра? 173

會話 174
單詞&俄語這樣說 175
情境用語：邀請對方 177
實用詞彙：食物食材、蔬菜水果、飲料甜點、一日三餐 179
語法解析： 1 動詞將來時 181
　　　　　 2 完成體動詞過去時與將來時 188
　　　　　 3 時間表達法 192
短文 196
俄知識：俄羅斯美食佳餚 198

09 你有圍巾嗎？
Девя́тый уро́к. У тебя́ есть шарф?.................................199

會話...200
單詞&俄語這樣說.................................201
情境用語：身體感受.................................203
實用詞彙：身體部位、禮品名稱、季節月份.................................205
語法解析： 1 前置詞у與名詞、代詞第二格連用；нет（沒有）與
　　　　　　　第二格連用.................................207
　　　　　 2 名詞、人稱代詞第三格.................................211
　　　　　 3 年齡表達法.................................216
短文...218
俄知識：俄羅斯送禮做客.................................220

10 昨天你跟誰在一起？
Деся́тый уро́к. С кем ты был вчера́?.................................221

會話...222
單詞&俄語這樣說.................................223
情境用語：祝賀佳節.................................225
實用詞彙：學科名稱、職業名稱.................................227
語法解析： 1 動詞與名詞第五格連用.................................228
　　　　　 2 前置詞с與名詞、人稱代詞第五格連用.................................231
短文...234
俄知識：俄羅斯主要節慶.................................236

附錄：練習題解答.................................237

主要出場人物表

Ива́н 伊凡		ру́сский 俄國人	студе́нт 大學生
Лу́кас 盧卡斯		не́мец 德國人	студе́нт 大學生
Ян Мин 楊明		тайва́нец 臺灣人	инжене́р 工程師
Эмма 艾瑪		америка́нка 美國人	студе́нтка 大學生
А́нна 安娜		ру́сская 俄國人	журнали́стка 記者

00 | 俄語字母與發音

學習目標

1. 掌握俄語字母讀音與書寫方式
2. 掌握俄語發音規則
3. 掌握俄語語調規則

Повторе́ние — мать уче́ния.
溫故而知新。

俄語（ру́сский язы́к）是俄羅斯族的語言，也是俄羅斯聯邦官方用語，獨立國協工作用語，以及聯合國六種官方語言之一。俄語除了通行於俄羅斯外，還包括中亞、高加索地區、波羅的海沿岸、東歐、北歐等地。

　　俄語屬於印歐語系斯拉夫語族，與白俄羅斯語、烏克蘭語同屬東斯拉夫語支。使用基里爾字母（кири́ллица），這是由拜占庭傳教士基里爾與梅福季兄弟以希臘語字母為基礎，加上斯拉夫語特點創造出來的。

　　現代俄語共有33個字母，其中包含兩個符號，即硬音符號（ъ）與軟音符號（ь）。有大、小寫之分。字體有印刷體與書寫體。印刷體用於書籍、報章雜誌、招牌廣告和電腦文書上。手寫時，則是使用書寫體。

星巴克咖啡館

莫斯科地鐵標誌

咖啡屋

俄羅斯聯邦儲蓄銀行

一、俄語字母 🎧 MP3-01 請聽音檔,並跟著一起念俄語字母讀音。

大寫		小寫		字母讀音	人名 / 詞彙
印刷體	書寫體	印刷體	書寫體		
А	*A*	а	*a*	[а]	Анна 安娜
Б	*Б*	б	*б*	[бэ]	Бо́ря 鮑利亞
В	*В*	в	*в*	[вэ]	Ве́ра 薇拉
Г	*Г*	г	*г*	[гэ]	Га́ля 加莉婭
Д	*Д*	д	*д*	[дэ]	Дави́д 大衛
Е	*Е*	е	*е*	[е]	Ева 夏娃
Ё	*Ё*	ё	*ё*	[ё]	ёж 刺蝟
Ж	*Ж*	ж	*ж*	[жэ]	Же́ня 任尼亞
З	*З*	з	*з*	[зэ]	Зо́я 卓婭
И	*И*	и	*и*	[и]	Ира 伊拉
Й	*Й*	й	*й*	и кра́ткое 短音[и]	Никола́й 尼古拉

大寫		小寫		字母讀音	人名 / 詞彙
印刷體	書寫體	印刷體	書寫體		
К	𝒦	к	𝓀	[ка]	Ка́тя 卡佳
Л	𝓛	л	𝓁	[эль]	Ле́на 列娜
М	𝓜	м	𝓶	[эм]	Макси́м 馬克西姆
Н	𝓗	н	𝓷	[эн]	Ни́на 妮娜

 MP3-02

О	𝒪	о	𝓸	[о]	Ольга 奧莉嘉
П	𝓟	п	𝓅	[пэ]	Па́вел 帕維爾
Р	𝓡	р	𝓇	[эр]	Русла́н 盧斯蘭
С	𝒞	с	𝓬	[эс]	Са́ша 薩沙
Т	𝓣	т	𝓽	[тэ]	Тама́ра 塔瑪拉
У	𝒰	у	𝓎	[у]	Уля 烏莉婭
Ф	𝓕	ф	𝓯	[эф]	Фёдор 費多爾

大寫		小寫		字母讀音	人名／詞彙
印刷體	書寫體	印刷體	書寫體		
Х	*X*	х	*x*	[ха]	Ха́нна 哈娜
Ц	*Ц*	ц	*ц*	[цэ]	Цвета́на 茨維塔娜
Ч	*Ч*	ч	*ч*	[че]	Чинги́з 欽吉斯
Ш	*Ш*	ш	*ш*	[ша]	Шу́ра 舒拉
Щ	*Щ*	щ	*щ*	[ща]	щи 菜湯
		ъ	*ъ*	твёрдый знак 硬音符號	съёмка 照相
		ы	*ы*	[ы]	мы 我們
		ь	*ь*	мя́гкий знак 軟音符號	И́горь 伊格爾
Э	*Э*	э	*э*	[э]	Э́мма 艾瑪
Ю	*Ю*	ю	*ю*	[ю]	Ю́рий 尤里
Я	*Я*	я	*я*	[я]	Я́ков 亞科夫

二、俄語發音

（一）母音 [а, о, у, э, и, ы]

俄語中，6個母音的發音與相對應的字母讀音一樣。

發音	字母	單詞	
[а]	А а	да 對、是	там 在那裡
[о]	О о	он 他	дом 房子
[у]	У у	тут 在這裡	суп 湯
[э]	Э э	Эрик 艾力克	Элла 艾拉
[и]	И и	рис 米、米飯	мир 世界、和平
[ы]	ы	ты 你	вы 你們、您

（二）不成對的有聲子音 [м, н, л, р]

發音時，聲帶震動。這類子音沒有相對應的無聲子音。

發音	字母	單詞	
[м]	М м	мы 我們	мост 橋
[н]	Н н	нос 鼻子	нож 刀子
[л]	Л л	лук 洋蔥	ла́мпа 燈
[р]	Р р	раз 次、回	ры́ба 魚

※ [р]是彈舌音，請試著將舌尖觸碰上齒，震動聲帶將氣送出。

規則一：母音[a]與[o]的弱化

俄語單詞組成方式可分為兩大類，一是僅由母音組成，例如я（我）、a（而）、и（和、與）；另一是母音加子音組成，例如он（他）、мир（世界、和平）。單詞中有幾個母音，就有幾個音節。只有一個母音稱為「單音節詞」，例如мы（我們）、ум（智慧）。單詞中有兩個以上的母音，則為「多音節詞」，此時其中一個母音屬於重音音節，可用重音符號「́」標示在母音上，代表該音要發得較強、較長，而其他音則要發得弱且短促，例如мáма（媽媽）、гóрод（城市）、онá（她）。單音節詞的母音一定發重音，不需標示。至於俄語單詞重音是落在哪個音節上，並無一定規則，只要多聽、多念，就可逐漸記起來。

俄語母音會受有無重音影響，而發得較強或較弱，例如母音[a]與[o]在重音音節上發原來的音，在重音前一音節發較弱、較輕的[a]，可用[^]標示。在其他音節則發更輕、更弱的[a]，類似[ㄜ]，以[ъ]標示。例如головá（頭）的發音為[гъл^вá]、дóма（在家裡）的發音為[дóмъ]。

[a]、[o] 位置	重音前前音節	重音前一音節	重音音節上	重音後的音節
發音	[ъ]	[^]	[á] [ó]	[ъ]

MP3-05

mámа	媽媽	allό	（電話中）喂！
onά	她	oknό	窗戶

（三）有聲子音[б, в, д, г, ж, з]

俄語中，有6組相對應的有聲子音與無聲子音。發有聲子音時，聲帶需震動。

 MP3-06

發音	字母	單詞	
[б]	Б б	брат 哥哥、弟弟	банк 銀行
[в]	В в	врач 醫生	ви́за 簽證
[д]	Д д	два 二	до́ма 在家裡
[г]	Г г	год 年	глаз 眼睛
[ж]	Ж ж	жук 甲蟲	жа́рко 很熱
[з]	З з	звук 聲音	зонт 傘

（四）無聲子音[п, ф, т, к, ш, с]

發無聲子音時，把氣送出即可，聲帶不震動。

MP3-07

發音	字母	單詞	
[п]	П п	пол 地板	па́па 爸爸
[ф]	Ф ф	факс 傳真	фи́рма 公司
[т]	Т т	три 三	торт 蛋糕
[к]	К к	класс 班、（中小學）年級	каранда́ш 鉛筆
[ш]	Ш ш	шарф 圍巾	шкаф 櫃子
[с]	С с	спорт 運動	су́мка 包包

規則二：有聲子音與無聲子音的互換

有聲子音與無聲子音在發音時會互相影響。有聲子音在詞尾時，需發成與其相對應的無聲子音。有聲子音與無聲子音相連時，有聲子音受後者影響，需發無聲。請注意下面單詞畫底線的字母發音。

🎧 MP3-08

字母	發無聲	單詞		
-б	[п]	клу<u>б</u> 俱樂部	оши́<u>б</u>ка 錯誤	хле<u>б</u> 麵包
-в	[ф]	а<u>в</u>то́бус 公車	вы́ста<u>в</u>ка 展覽會	за́<u>в</u>тра 明天
-д	[т]	го́ро<u>д</u> 城市	заво́<u>д</u> 工廠	шокола́<u>д</u> 巧克力
-г	[к]	дру<u>г</u> 朋友	бе́ре<u>г</u> 岸、岸邊	био́ло<u>г</u> 生物學家
-ж	[ш]	но<u>ж</u> 刀子	ло́<u>ж</u>ка 湯匙	кру́<u>ж</u>ка 馬克杯
-з	[с]	арбу́<u>з</u> 西瓜	расска́<u>з</u> 短篇小說	гла<u>з</u> 眼睛

無聲子音與有聲子音相連時，無聲子音受後者影響，需發有聲。🎧 MP3-09

字母	發有聲	單詞	
-т	[д]	фу<u>т</u>бо́л 足球	баске<u>т</u>бо́л 籃球
-к	[г]	во<u>к</u>за́л 火車站	э<u>к</u>за́мен 考試
-ш	[ж]	на<u>ш</u> журна́л 我們的雜誌	на<u>ш</u> брат 我們的哥哥

※ 無聲子音與[м, н, л, р, й, в]相連時，保持原來的音，不變成有聲子音，例如<u>т</u>вой（你的）、<u>с</u>мотре́ть（看）。

（五）不成對的無聲子音 [x, ц, ч, щ]

不成對的無聲子音沒有相對應的有聲子音。

 MP3-10

發音	字母	單詞	
[x]	Х х	хо́лодно 很冷	хорошо́ 好
[ц]	Ц ц	цирк 馬戲團	ци́фра 數字
[ч]	Ч ч	час 小時	ру́чка 筆
[щ]	Щ щ	щи 菜湯	борщ 甜菜根湯

※ 字母ч有時要發[ш]，例如что（什麼）、коне́чно（當然）。字母г有時發[x]，例如лёгкий（輕的、容易的）、мя́гкий（軟的）；有時發[в]，例如его́（他的）、но́вого（新的，形容詞陽性單數第二格）。

（六）有聲子音 [й] 與母音字母 я、ё、ю、е

字母й和и長得很像，發音也相似，但и發的音較長，屬於母音；й發的音較短，屬於子音。я、ё、ю、е的讀音由子音[й]加上母音[a]、[o]、[y]、[э]組成。

 MP3-11

發音	字母	單詞	
[й]	Й й	май 5月	чай 茶
[йа]	Я я	я 我	я́блоко 蘋果
[йо]	Ё ё	мёд 蜂蜜	лёд 冰塊
[йу]	Ю ю	юг 南方、南邊	ю́мор 幽默
[йэ]	Е е	кафе́ 小吃店、咖啡館	ме́сто 地方、地點

※ же、ше、це中的е發[э]，жи、ши、ци中的и發[ы]。

（七）硬音符號與軟音符號

硬音符號（ъ）和軟音符號（ь）本身不發音，但它們會影響前面子音的發音。硬音符號ъ前的子音發「硬音」，其發音方式與前面介紹的子音發音方式一樣，不需變音。軟音符號ь前的子音發「軟音」，其發音方式即是子音再加上很輕的[и]。

MP3-12

符號	名稱	單詞	
ъ	твёрдый знак 硬音符號	объе́кт 客體、對象	объявле́ние 公告
ь	мя́гкий знак 軟音符號	мать 母親	дверь 門

（八）硬子音與軟子音

俄語子音的發音會受到後面所接符號和母音影響，發硬音或軟音。發硬音的子音稱為「硬子音」，發軟音的子音則是「軟子音」。軟子音音標需加上「'」，例如[м']、[н']。

硬子音	+	硬音符號ъ а、о、у、э、ы
軟子音	+	軟音符號ь я、ё、ю、е、и

俄語子音中有15組成對的硬子音與軟子音：

硬子音	б	в	г	д	з	к	л	м	н	п	р	с	т	ф	х
軟子音	б'	в'	г'	д'	з'	к'	л'	м'	н'	п'	р'	с'	т'	ф'	х'

[ж, ш, ц]是硬子音，沒有相對應的軟子音，所以只發硬音。[й', щ', ч']是軟子音，沒有相對應的硬子音，只發軟音。

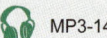

гость	客人	тéма	主題
дождь	雨	любóвь	愛情、戀愛
рубль	盧布	семья́	家庭
дя́дя	伯伯、叔叔、舅舅	нельзя́	不可以、不許

規則三：母音字母я、e的弱化

請回想一下，下面單詞非重音音節的母音應該如何發音呢？

вода́ 水	голова́ 頭	э́то 這	кóмната 房間

前面介紹過俄語母音[a]和[o]在非重音音節會弱化，在重音前一音節發較輕的[^]，也就是比[a]弱、短促，而在其他音節則是發最弱的[ъ]，類似[さ]。

除此之外，я和e在非重音音節時也會弱化，在重音前一音節發[и]，在其他音節則要發比[и]更輕、更短的[ь]。

я、e位置	重音前前音節	重音前一音節	重音音節上	重音後的音節
發音	[ь]	[и]	[йа́] [йэ́]	[ь]

※ э在詞首，而且是非重音音節時，需發較輕、較短的[и]，例如э́таж（層）、экскýрсия（遊覽）。

※ ча和ща在非重音音節會弱化，在重音前一音節發[чи]和[щи]，在其他音節則發輕、較弱的[чь]和[щь]，例如часы́（鐘、錶）、на́чал（開始，нача́ть過去時）、пло́щадь（廣場）。

язы́к	語言	сестра́	姊姊、妹妹
яйцо́	蛋	пóезд	火車

三、俄語語調

請聽下面對話,並注意語調。 MP3-15

— Мо́жно? 可以嗎?

— Мо́жно. 可以。

— Э́то ко́мната? 這是房間嗎?

— Да, э́то ко́мната. 是的,這是房間。

聽出陳述句與問句語調的差異嗎?

俄語語調可分成7種調型,本單元將以簡單易懂的句子為例,介紹初學者需掌握的前5種調型。

（一）調型-1（ИК-1） 🎧 MP3-16

常用於陳述句中，例如陳述事實、介紹人或物品、說明事件。語調平穩，直到句子最後一個字的重音（即語調重心）下降。

※ 與單詞重音一樣，每個句子也會有一個「語調重心」，它會落在詞的重音上。句子調型的標示方法，就是在語調重心上寫調型號碼。

➤ Это ма́ма. 這是媽媽。

➤ Это вода́. 這是水。

➤ Это ма́ма и па́па. 這是媽媽與爸爸。

➤ Меня́ зову́т Ива́н. 我名字叫伊凡。

　　語調重心可落在說話者強調詞的重音上。

➤ Стол то́же там. 桌子也在那裡。

　　肯定回答時。

－ Это дом? 這是房子嗎？

－ Да, э́то до́м. 是的，這是房子。

（二）調型-2（ИК-2）

用在帶疑問詞的疑問句中。語調重心在句首的疑問詞上，所以語調要在疑問詞的重音音節下降。

➤ Кто́² э́то? 這是誰？

➤ Что́² э́то? 這是什麼？

➤ Ка́к² вас зову́т? 您叫什麼名字？

基本疑問詞

кто	誰
что	什麼
как	如何
когда́	什麼時候
како́й	怎麼樣的
где	在哪裡
куда́	去哪裡
чей	誰的
ско́лько	多少

呼喚他人時，語調在人名的重音下降。

➤ А́нна², кто́² э́то? 安娜，這是誰？

（三）調型-3（ИК-3）

常用於沒有疑問詞的疑問句中。語調重心在詢問詞重音上升，並立刻下降。

➤ Анто́н до́³ма? 安東在家嗎？

➤ Анто́н³ до́ма? 在家的是安東嗎？

— Э́то твоя́ сестра́³? 這是你的姊姊嗎？（詢問是你的「姊姊」，還是其他人。）

— Нет, э́то моя́ ма́ма. 不，這是我的媽媽。

— Э́то твоя́³ сестра́? 這是你的姊姊？（詢問是「你的」，還是其他人的。）

— Нет, э́то не моя́ сестра́. Э́то её сестра́. 不，這不是我的姊姊。這是她的姊姊。

兩個句子以對比連接詞 a（而）相連時，前句相對應的詞重音升高。

➤ Э́то моя́³ ша́пка, а э́то твоя́ ша́пка. 這是我的毛帽，而這是你的毛帽。

（四）調型-4（ИК-4） 🎧 MP3-19

　　對話過程中，有時不會將問題完整說出，而會縮簡句子，以「那……呢？」、「而……呢？」代替。此時可用對比連接詞а（而），後接詢問詞，語調往上升。

- Кто́² э́то? 這是誰？

- Э́то Анто́н¹. 這是安東。

- А э́то⁴? 那這位呢？

- А э́то А́нна¹. 而這是安娜。

- Где́² шко́ла? 學校在哪裡？

- Шко́ла та́м¹. 學校在那裡。

- А теа́тр⁴? 那劇院呢？

- Теа́тр то́же та́м¹. 劇院也在那裡。

（五）調型-5（ИК-5） 🎧 MP3-20

　　用於帶有как（如何）、како́й（怎麼樣的）等詞開頭的感嘆句中，表達讚美、讚賞。此句中有兩個語調重心，第一個詞的重音上升，最後一個詞的重音下降。

➢ Како́й⁵ краси́вый го́род⁵! 多麼漂亮的城市啊！

➢ Како́е⁵ большо́е мо́ре⁵! 多麼廣大的海啊！

四、成果驗收

（一）請將聽到的字母圈起來。 🎧 MP3-21

例：а я ⓨ

ш	е	ч	р	э
в	щ	ф	й	з
ю	б	у	и	ы

（二）請將聽到的音圈起來。 🎧 MP3-22

例：ⓕон – вон

1. оу – оа	5. ты – дым	9. шур – жур
2. уа – уы	6. дам – вам	10. ня – мя
3. ми – ни	7. рал – лар	11. кош – гош
4. папá – пáпа	8. сва – зва	12. эп – еп

（三）請聽單詞，填上漏掉的字母，並標上重音。 🎧 MP3-23

例：м_л_ко → молокó 牛奶

1. т___и   三   5. ___блок___   蘋果

2. т___трад___   本子   6. за___о___   工廠

3. с___мк___   包包   7. х___еб   麵包

4. ___кн___   窗戶   8. фу___б___л   足球

（四）請聽音檔，並在每個句子的語調重心上方標上調型。 🎧 MP3-24

例：Он мой брат. → Он мой бра́т. 他是我的哥哥。

- Кто это?　　　　　　　　　　　　　這是誰？
- Это Антон.　　　　　　　　　　　　這是安東。
- Он твой брат?　　　　　　　　　　他是你的哥哥嗎？
- Нет, он мой друг.　　　　　　　　不是，他是我的朋友。
- А это?　　　　　　　　　　　　　那這位呢？
- Это мой брат.　　　　　　　　　　這是我的哥哥。
- Как его зовут?　　　　　　　　　　他名字叫什麼？
- Его зовут Саша.　　　　　　　　　他名字叫薩沙。

01 | Пе́рвый уро́к

Как вас зову́т?
您叫什麼名字？

學習目標
1. 學會介紹名字
2. 學會分辨名詞陽、中、陰性
3. 掌握名詞單、複數變化規則

Вре́мя — де́ньги.
一寸光陰一寸金。

會話 🎧 MP3-25 請聽音檔，並跟著一起念。

Лу́кас:	Кто э́то?	這是誰？
Ива́н:	Э́то А́нна.	這是安娜。
Лу́кас:	Что э́то?	這是什麼？
Ива́н:	Э́то журна́л.	這是雜誌。
Лу́кас:	Где рюкза́к?	背包在哪裡？
Ива́н:	Он тут.	它在這裡。
Лу́кас:	Где ру́чка?	筆在哪裡？
Ива́н:	Она́ там.	它在那裡。
Лу́кас:	Где газе́ты?	報紙在哪裡？
Ива́н:	Вот они́.	看，這就是。

單詞 & 俄語這樣說

單詞 🎧 MP3-26

вот	語	這（就是）
газе́та	陰	報紙（會話中的 газе́ты 為複數形式）
где	副	在哪裡
журна́л	陽	雜誌
кто	代	誰
он	代	他、牠、它
она́	代	她、牠、它
они́	代	他們、牠們、它們
ру́чка	陰	筆
рюкза́к	陽	背包
там	副	在那裡
тут	副	在這裡
что	代	什麼
э́то	代	這、這是

俄語這樣說

➤ Кто э́то? 這是誰？

Что э́то? 這是什麼？

- 俄語名詞分為動物名詞和非動物名詞。人名、親屬稱謂、表示人或動物名稱等屬於動物名詞，例如Антóн（安東）、отéц（父親）、собáка（狗）等。表示植物、物品、國家、地區等的名稱屬於非動物名詞，例如дéрево（樹）、кни́га（書）、Росси́я（俄羅斯）等。動物名詞用疑問詞кто（誰）提問，非動物名詞用что（什麼）提問。
  – Кто э́то? 這是誰？
  – Это Антóн. 這是安東。
  – Что э́то? 這是什麼？
  – Это кни́га. 這是書。

➤ Это Эмма. 這是艾瑪。

Рюкзáк тут. 包包在這裡。

- 俄語現在時句子中，省略了如同中文的「是」或英文的be動詞。

➤ Вот сýмка. 瞧，這就是包包。

Это газéта. 這是報紙。

- вот（這就是）為指示語氣詞，用於引起對方注意。э́то（這是）為指示代詞，用於指代人或物。

💡 情境用語 🎧 MP3-27

介紹認識

➢ Меня́ зову́т Ви́ктор. 我名字叫維克多。
- 這句話直譯成中文是「（人們）稱呼我為……」。меня́是人稱代詞я（我）的直接受詞。зову́т是動詞звать（稱、叫）的複數第三人稱形式。
- 詢問對方叫什麼名字時，用問句「Как вас зову́т?」，此句直譯成中文是「（人們）如何稱呼您？」，как（如何）是疑問副詞，вас是人稱代詞вы（您）的直接受詞。

➢ Дава́йте познако́мимся. 讓我們認識一下。
- 用於初次見面、介紹自己名字之前，以喚起對方注意。

➢ Познако́мьтесь, пожа́луйста. Это Андре́й Ива́нович.
請認識一下吧。這是安德烈・伊凡諾維奇。
- 用於將某甲介紹給某乙時。

➢ О́чень прия́тно! 感到很高興！
- 對方介紹完名字時，可回此句，表達很高興認識對方。

請聽對話，並跟著一起念。 🎧 MP3-27

— Здра́вствуйте, дава́йте познако́мимся. Меня́ зову́т Анто́н Ива́нович. Как вас зову́т?

— Меня́ зову́т Ви́ктор Андре́евич.

— О́чень прия́тно.

您好，讓我們認識一下。我名字叫安東‧伊凡諾維奇。您叫什麼名字？
我名字叫維克多‧安德烈耶維奇。
很高興認識您。

— Познако́мьтесь, пожа́луйста. Это Анто́н, а э́то Са́ша.

— О́чень прия́тно.

請認識一下吧。這是安東，而這是薩沙。
很高興認識你們。

實用詞彙

生活用品 MP3-28

ви́лка	叉子	стака́н	（無把手）杯子
зонт	傘	стол	桌子
компью́тер	電腦	стул	椅子
кре́сло	單人沙發椅	су́мка	包包
ла́мпа	燈	телеви́зор	電視
ло́жка	湯匙	телефо́н	電話
маши́на	車子	фотоаппара́т	照相機
нож	刀子	часы́	鐘、錶
ра́дио	收音機	ча́шка	茶杯、咖啡杯
рюкза́к	背包	шкаф	（有門的）櫃子

書報文具 MP3-29

газе́та	報紙	письмо́	信
журна́л	雜誌	ру́чка	筆
каранда́ш	鉛筆	слова́рь	辭典
кни́га	書	тетра́дь	本子
конве́рт	信封	уче́бник	課本

語法解析

1 名詞的性

- Это Антóн. Он тут.
  這是安東。他在這裡。
- Это Áнна. Онá тут.
  這是安娜。她在這裡。

- Это журнáл. Он тут.
  這是雜誌。它在這裡。
- Это кни́га. Онá тут.
  這是書。它在這裡。
- Это письмó. Онó тут.
  這是信。它在這裡。

俄語名詞中，不管是動物名詞，還是非動物名詞，都有性的區別，依照詞尾不同，可分為陽性、中性和陰性，分別可用人稱代詞 он（他、牠、它）、онó（它）、онá（她、牠、它）指稱。

◉ 表格速記：名詞的性

性	詞尾	例詞
陽 он	-子音	Антóн 安東　　кот 貓　　стол 桌子
	-й	Андрéй 安德烈　　музéй 博物館
	-ь	словáрь 辭典
中 онó	-о	окнó 窗戶
	-е	здáние 建築物
陰 онá	-а	Áнна 安娜　　собáка 狗　　маши́на 車子
	-я	Тáня 塔妮婭　　семья́ 家庭
	-ь	тетрáдь 本子

軟音符號ь結尾的名詞可為陽性或陰性，此類單詞需特別熟記。

性	詞尾	例詞
陽 он	-ь	календа́рь 月曆　янва́рь 1月　портфе́ль 公事包
陰 она́	-ь	мать 母親　дочь 女兒　дверь 門

請注意下面規則：

性	規則	例詞
陽 он	詞尾-а和-я表男性的動物名詞屬於陽性	па́па 爸爸 де́душка 爺爺 дя́дя 伯伯、叔叔、舅舅 мужчи́на 男人 Ва́ня Ива́н（伊凡）的小名 Серёжа Серге́й（謝爾蓋）的小名
陽 он	標準俄語中屬於不變格的陽性名詞	ко́фе 咖啡 е́вро 歐元
中 оно́	詞尾-я屬於陰性，但詞尾-мя為中性	вре́мя 時間、時候 и́мя 名字

小試身手 ❶：請按照名詞的陽、中、陰性分別寫 он、онó、онá。

例：кни́га　　　　　_____онá_____

1. ла́мпа　　　　　_____

2. слова́рь　　　　_____

3. ко́фе　　　　　_____

4. фо́то　　　　　_____

5. телефо́н　　　　_____

6. тетра́дь　　　　_____

> **小叮嚀**
>
> 　　俄語屬於「屈折語」，也就是說，每個詞的詞尾具有豐富多樣的變化，句子中詞與詞之間的連接關係就是透過詞尾變化展現，因此句中詞的排列順序也相對自由。詞尾變化的確是學習難點，同時也是學習重點，想要說出一口流利俄語，一定要將詞尾變化熟記至自動反應程度。
>
> 　　學習名詞時，除了要會分辨它的「性」之外，還要知道「數」與「格」的變化。「數」即是下一單元將介紹的名詞單、複數。「格」將在往後課程中介紹，在此先小小透露一下，俄語名詞有六個「格」，各表達不同意義，分別是第一格（主格）、第二格（屬格）、第三格（與格）、第四格（賓格）、第五格（工具格）、第六格（前置格）。（本書中統一使用「第一格」、「第二格」等名稱。）

❷ 名詞的數

- Это журна́л. Это журна́лы. 這是雜誌。
- Это маши́на. Это маши́ны. 這是車子。
- Это письмо́. Это пи́сьма. 這是信。

俄語名詞有單、複數之分，變化時，需先確認名詞的性，再依規則變化。

◉ 表格速記：名詞複數

數 性	單 詞尾	例詞	複 詞尾	例詞
陽 он	-子音	стол 桌子	-ы	столы́
	-й	музе́й 博物館	-и	музе́и
	-ь	слова́рь 辭典	-и	словари́
中 оно́	-о	окно́ 窗戶	-а	о́кна
	-е	зда́ние 建築物	-я	зда́ния
陰 она́	-а	маши́на 車子	-ы	маши́ны
	-я	семья́ 家庭	-и	се́мьи
	-ь	тетра́дь 本子	-и	тетра́ди

複數名詞可用они́（他們、牠們、它們）指稱。

− Где газе́ты? 報紙在哪裡？

− Они́ тут. 它們在這裡。

> **小叮嚀**
> 單數名詞變複數時，有時重音位置會改變，在學習過程中，需特別熟記。

除了上述規則外，有些詞的複數形式屬於不規則變化，需特別熟記。

說明	單數	複數
-г、-к、-х、-ж、-ч、-ш、-щ等字母後面不加-ы，需改成-и	кни́га 書	кни́г**и**
	уче́бник 課本	уче́бник**и**
	врач 醫生	врач**и́**
	вещь 東西	ве́щ**и**
陽性名詞加-á	дом 房子	дом**а́**
	лес 森林	лес**а́**
	го́род 城市	город**а́**
	по́езд 火車	поезд**а́**
	ве́чер 晚上、晚會	вечер**а́**
部分名詞加-ья	друг 朋友	друз**ья́**
	брат 哥哥、弟弟	бра́т**ья**
	стул 椅子	сту́л**ья**
	сын 兒子	сынов**ья́**
	де́рево 樹	дере́в**ья**
完全不規則變化	челове́к 人	**лю́ди**
	ребёнок 兒童	**де́ти**
有些詞尾為軟音符號的陰性名詞，先去掉-ь，再加上-ери	мать 母親	ма́т**ери**
	дочь 女兒	до́ч**ери**
中性外來詞不變化	метро́ 地鐵	
	кафе́ 咖啡館	
	фо́то 照片	
	пальто́ 大衣	
只有複數形式的名詞		де́ньги 錢
		очки́ 眼鏡
		часы́ 鐘、錶
		но́жницы 剪刀
		брю́ки 褲子
		джи́нсы 牛仔褲
		роди́тели 父母

小試身手 ❷：請將名詞單數變成複數。

例：телефóн　　　　　телефóны

1. шкаф　　　　　＿＿＿＿＿＿＿＿＿＿

2. портфéль　　　＿＿＿＿＿＿＿＿＿＿

3. нож　　　　　　＿＿＿＿＿＿＿＿＿＿

4. дом　　　　　　＿＿＿＿＿＿＿＿＿＿

5. трамвáй　　　　＿＿＿＿＿＿＿＿＿＿

6. брат　　　　　　＿＿＿＿＿＿＿＿＿＿

7. задáние　　　　＿＿＿＿＿＿＿＿＿＿

8. рюкзáк　　　　＿＿＿＿＿＿＿＿＿＿

9. газéта　　　　　＿＿＿＿＿＿＿＿＿＿

10. аудитóрия　　＿＿＿＿＿＿＿＿＿＿

短文

短文 🎧 MP3-30　請聽音檔，並跟著一起念。

　　Это Ива́н. Это дом. Вот кварти́ра. Здесь ко́мната. Сле́ва стол и стул. Спра́ва шкаф и окно́. Тут кни́ги, уче́бники и тетра́ди. Это су́мка. Она́ тут. Там словари́ и журна́лы.

單詞

и 連 且、和

　　這是伊凡。這是房子。瞧，這是住宅。這裡有房間。左邊有桌子和椅子。右邊有櫃子和窗戶。這裡有書、課本和筆記本。這是包包。它在這裡。那邊有辭典和雜誌。

請再閱讀短文一次，並回答問題。

1. Кто э́то?
   _____

2. Что э́то?
   _____

3. Где стул?
   _____

4. Где су́мка?
   _____

5. Что там?
   _____

俄知識

Переры́в! 休息一下！

俄羅斯人的姓名

俄羅斯人的姓名由「名字（и́мя）‧父名（о́тчество）‧姓（фами́лия）」組成，例如俄羅斯音樂大師柴可夫斯基的全名是Пётр Ильи́ч Чайко́вский（彼得‧伊里奇‧柴可夫斯基），俄羅斯文學奠基者普希金的全名是Алекса́ндр Серге́евич Пу́шкин（亞歷山大‧謝爾蓋耶維奇‧普希金），俄羅斯著名女詩人阿赫瑪托娃的全名是А́нна Андре́евна Ахма́това（安娜‧安德烈耶芙娜‧阿赫瑪托娃）。

至於姓名中的「父名」並不是直接使用父親的名字，而是要在父親的名字後再加上相對應的詞尾，且男女有別。請看下表：

如果他父親的名字是	Ива́н 伊凡	那麼，他姓名中的父名即是	Ива́нович 伊凡諾維奇
	Серге́й 謝爾蓋		Серге́евич 謝爾蓋耶維奇
	Ю́рий 尤里		Ю́рьевич 尤里耶維奇

如果她父親的名字是	Ива́н 伊凡	那麼，她姓名中的父名即是	Ива́новна 伊凡諾芙娜
	Серге́й 謝爾蓋		Серге́евна 謝爾蓋耶芙娜
	Ю́рий 尤里		Ю́рьевна 尤里耶芙娜

02 | Второ́й уро́к

Чей э́то дом?

這是誰的房子？

學習目標
1. 學會打招呼與寒暄問候用語
2. 學會使用人稱代詞（我、你、他……）與介紹某人職業
3. 學會表達「我的、你的、他的（人或物）」

Куй желе́зо, пока́ горячо́.
打鐵趁熱。

會話 🎧 MP3-31 請聽音檔，並跟著一起念。

Лу́кас:	Э́то твоё фо́то?	這是你的照片嗎？
Ива́н:	Да, э́то моё фо́то.	是的，這是我的照片。
Лу́кас:	Чей э́то дом? Ваш?	這是誰的房子？你們的嗎？
Ива́н:	Нет, э́то не наш дом. Вот наш дом, сле́ва.	不，這不是我們的房子。瞧，這是我們的房子，在左邊。
Лу́кас:	Э́то твоя́ сестра́?	這是你的妹妹嗎？
Ива́н:	Нет, э́то не моя́ сестра́. Э́то моя́ де́вушка, Анна.	不，這不是我的妹妹。這是我的女朋友，安娜。
Лу́кас:	Пра́вда? Она́ то́же студе́нтка?	真的嗎？她也是學生嗎？
Ива́н:	Нет, она́ уже́ не студе́нтка.	不，她已經不是學生。
Лу́кас:	Кто она́?	她是做什麼的？
Ива́н:	Она́ журнали́стка.	她是記者。

單詞&俄語這樣說

單詞 🎧 MP3-32

ваш, -а, -е, -и	代	你們的、您的
де́вушка	陰	女孩、女朋友
дом	陽	房子
журнали́стка	陰	（女）記者
мой, -я́, -ё, -и́	代	我的
наш, -а, -е, -и	代	我們的
не	語	不
сестра́	陰	姊姊、妹妹
сле́ва	副	在左邊
студе́нтка	陰	（女）大學生
твой, -я́, -ё, -и́	代	你的、妳的
то́же	副	也
уже́	副	已經
фо́то	中	照片
чей, чья, чьё, чьи	代	誰的

俄語這樣說

➤ Да, э́то моё фо́то. 是的，這是我的照片。

Нет, она́ не студе́нтка. 不，她不是學生。
- Да!（是的！）用於肯定回答中，Нет!（不是！）用於否定回答中。

➤ Пра́вда? 真的嗎？
- 名詞пра́вда原意為真理、真相。口語疑問句中表達「真的嗎？」。

➤ Она́ то́же студе́нтка? 她也是學生嗎？
- 副詞то́же（也）置於所修飾的詞後面。
  Анто́н студе́нт. Са́ша то́же студе́нт. 安東是學生。薩沙也是學生。
  Ру́чка тут. Тетра́дь то́же тут. 筆在這裡。本子也在這裡。

情境用語 🎧 MP3-33

招呼用語

➤ Здра́вствуйте! 您好！你們好！
- 用於正式場合，與長官、長輩、不熟識者，或是向多人打招呼時用。
- Здра́вствуй!（你好！）較Приве́т!（嗨！）正式。
- Приве́т!（嗨！）用於非正式場合、平輩、親友與熟識者之間。

➤ До́брое у́тро! 早安！
- 中午或白天時可說До́брый день!（午安！您（你）好！）。
- 晚上時可說До́брый ве́чер!（晚上好！）。

寒暄問候

➤ Как дела́? 你好嗎？
- 用於非正式場合，親友與熟人間寒暄問候用。
- дела́是де́ло（事情）的複數形式，前面可加ва́ши（您的）或твой（你的）。
- 回答時可先說спаси́бо（謝謝），以感謝對方的問候，再說хорошо́（很好）、норма́льно（普通）、ничего́（還好）、пло́хо（糟透了）。
- 反問對方時，可直接說А ва́ши?（那您呢？）或А твой?（那你呢？）。

請聽對話，並跟著一起念。 MP3-33

– Здра́вствуйте, Ива́н Ива́нович!

– До́брое у́тро!

您好，伊凡‧伊凡諾維奇。
早安！

– Приве́т, Анна!

– Здра́вствуй, Та́ня! Как дела́?

– Спаси́бо, хорошо́. А твои́?

– Норма́льно.

嗨，安娜！
妳好，塔妮婭！妳好嗎？
謝謝，很好。那妳呢？
普通。

實用詞彙

職業名稱 MP3-34

бизнесме́н	商人	журнали́ст 陽 журнали́стка 陰	記者
врач	醫生	преподава́тель 陽 преподава́тельница 陰	教師
домохозя́йка	家庭主婦	студе́нт 陽 студе́нтка 陰	大學生
инжене́р	工程師	учи́тель 陽 учи́тельница 陰	（中、小學）老師
по́вар	廚師	шко́льник 陽 шко́льница 陰	（中、小學）學生

親屬稱謂 MP3-35

де́душка	爺爺	ба́бушка	奶奶
оте́ц па́па	父親 爸爸	мать ма́ма	母親 媽媽
брат	哥哥、弟弟	сестра́	姊姊、妹妹
дя́дя	伯伯、叔叔、舅舅	тётя	嬸嬸、阿姨、舅媽
роди́тели	父母	ребёнок, де́ти 複	兒童
муж	丈夫	жена́	妻子
сын	兒子	дочь	女兒
внук	孫子	вну́чка	孫女

> **小叮嚀**
>
> ста́рший брат（哥哥）、мла́дший брат（弟弟）、ста́ршая сестра́（姊姊）、мла́дшая сестра́（妹妹）。

語法解析

❶ 人稱代詞

> Он инженéр. 他是工程師。

> Онá инженéр. 她是工程師。

> Они́ инженéры. 他們是工程師。

俄語人稱代詞分為第一、二、三人稱與單、複數。я（我）在句首需大寫，在句中小寫。вы表達「你們」或「您」。書寫正式文件時，Вы用大寫表尊敬。在本書中，以小寫вы為主，視上下文譯為「你們」或「您」。

● 表格速記：人稱代詞

我	你、妳	他	它	她	我們	你們、您	他們
я	ты	он	онó	онá	мы	вы	они́

介紹某人從事何種職業時，可用人稱代詞加職業名稱。

> Я врач. 我是醫生。

> Мы музыкáнт и худóжник. 我們是音樂工作者和畫家。

問對方從事什麼職業，用疑問代詞кто（誰）加上人稱代詞第一格或人名。

— Кто вы? 您是做什麼的？

— Я инженéр. 我是工程師。

– Кто Лу́кас? 盧卡斯是做什麼的？

– Он инжене́р. 他是工程師。

> **小叮嚀**
> 與俄羅斯人來往時，要注意Вы（您）與ты（你）的使用時機。Вы用在正式場合、對長輩、不認識的人、醫生與病人、老師與學生之間。ты則是用在非正式場合、家庭、朋友、熟識的人、小孩、同事（需經其同意）之間。當然，Вы與ты並非永久不變，當彼此愈來愈熟悉時，一方可向另一方提議：Дава́й (перейдём) на ты!（讓我們用「你」互稱吧！）。

小試身手 ❶：請按照範例回答問題。

例：Кто Ива́н? (студе́нт)

　　Он студе́нт.

1. Кто Анна? (журнали́стка)

　　_____

2. Кто Андре́й Ива́нович? (врач)

　　_____

3. Кто вы? (преподава́тель)

　　_____

4. Кто бра́тья? (музыка́нты)

　　_____

5. Кто Мари́я Петро́вна? (домохозя́йка)

　　_____

❷ 物主代詞

> Это мой дом. 這是我的房子。

> Это моя́ кварти́ра. 這是我的住宅。

> Это моё кре́сло. 這是我的沙發椅。

> Это мои́ часы́. 這是我的錶。

表達「我的、你的、他的（人或物）」時，需用物主代詞。所謂的物主代詞即表示某人或某物是屬於哪個人稱的。物主代詞除了單、複數第三人稱（его́、её、их）外，詞尾需與後接名詞的性、數、格一致。

◉ 表格速記：物主代詞

陽性	中性	陰性	複數
мой дом 我的房子	**моё** письмо́ 我的信	**моя́** ко́мната 我的房間	**мои́** ве́щи 我的東西
твой дом 你的房子	**твоё** письмо́ 你的信	**твоя́** ко́мната 你的房間	**твои́** ве́щи 你的東西
наш дом 我們的房子	**на́ше** письмо́ 我們的信	**на́ша** ко́мната 我們的房間	**на́ши** ве́щи 我們的東西
ваш дом 你們的房子	**ва́ше** письмо́ 你們的信	**ва́ша** ко́мната 你們的房間	**ва́ши** ве́щи 你們的東西
его́ дом, письмо́, ко́мната, ве́щи 他的房子、信、房間、東西			
её дом, письмо́, ко́мната, ве́щи 她的房子、信、房間、東西			
их дом, письмо́, ко́мната, ве́щи 他們的房子、信、房間、東西			

提問時，用疑問代詞чей（誰的），需與所修飾名詞的性、數、格一致。

● **表格速記：疑問代詞чей（誰的）**

陽性	中性	陰性	複數
чей дом 誰的房子	**чьё** письмо́ 誰的信	**чья** ко́мната 誰的房間	**чьи** ве́щи 誰的東西

— Чей э́то дом? 這是誰的房子？

— Это наш дом. 這是我們的房子。

— Чья э́то маши́на? 這是誰的車？

— Это его́ маши́на. 這是他的車。

小試身手 ❷ ：請按照範例回答問題。

例：Чья э́то су́мка? (она́)

　　Это её су́мка.

1. Чей э́то конве́рт? (я)
   _____

2. Чьи э́то карандаши́? (ты)
   _____

3. Чьё э́то письмо́? (мы)
   _____

4. Чья э́то маши́на? (вы)
   _____

5. Чей э́то слова́рь? (он)
   _____

短文

短文 🎧 MP3-36　請聽音檔，並跟著一起念。

　　Здра́вствуйте! Меня́ зову́т Ива́н. Я студе́нт. Э́то моя́ семья́. Э́то мой па́па, Андре́й Анто́нович. Он ме́неджер. Э́то моя́ ма́ма, А́нна Петро́вна. Она́ учи́тельница. Э́то мой брат и моя́ сестра́. Их зову́т Са́ша и Ю́ля. Са́ша то́же студе́нт. Ю́ля шко́льница.

　　你們好！我叫伊凡。我是大學生。這是我的家庭。這是我的爸爸安德烈・安東諾維奇。他是經理。這是我的媽媽安娜・彼得蘿芙娜。她是老師。這是我的哥哥和我的妹妹。他們叫薩沙和尤莉婭。薩沙也是大學生。尤莉婭是中學生。

請再閱讀短文一次，並回答問題。

1. Кто Ива́н?
   _____

2. Кто Андре́й Анто́нович?
   _____

3. Анна Петро́вна врач?
   _____

4. Са́ша то́же студе́нт?
   _____

5. Кто Юля?
   _____

俄知識

Перерьı́в! 休息一下！

俄羅斯交際法則

如何用俄語打交道、稱呼對方，這可是門大學問！叫錯名字、搞錯父名的話，關係瞬間降到冰點；但如果一切按「俄式」來，保證馬上與俄國人成為好朋友。而怎麼稱呼，關鍵在於彼此熟悉度與所在場合。

俄羅斯人完整的姓名（即名字・父名・姓）用於正式文件上，例如護照、證書中。

通常在非常正式的官方場合才會稱呼他人的姓，並在姓之前加上稱呼詞，例如господи́н Миха́йлов（米哈伊洛夫先生）、госпожа́ Миха́йлова（米哈伊洛娃女士）。

對成年人、長輩、師長、具有社會地位者，或是在正式場合時，需稱呼其名字與父名，以表尊敬，例如Ива́н Петро́вич（伊凡・彼得羅維奇）、А́нна Ива́новна（安娜・伊凡諾芙娜）。

非正式場合、平輩與熟人之間，則稱其名字或小名，例如Серге́й（謝爾蓋）、Серёжа（謝廖沙）、Татья́на（塔季婭娜）、Та́ня（塔妮婭）。

在路上、商店內，與不認識的人說話時，可稱呼對方молодо́й челове́к（年輕人、先生）、де́вушка（小姐），或是說Извини́те, пожа́луйста（不好意思）、Бу́дьте добры́（麻煩一下）。

> **小叮嚀**
>
> де́вушка是小姐，де́душка是爺爺，可別搞混了！

03 | Тре́тий уро́к

Како́й э́то го́род?

這是怎麼樣的城市？

學習目標
1. 學會詢問與感謝用語
2. 學會使用形容詞

В гостя́х хорошо́, а до́ма лу́чше.
作客雖佳，在家更好。

會話 MP3-37 請聽音檔,並跟著一起念。

Лу́кас:	Ива́н, скажи́, где Кра́сная пло́щадь?	伊凡,請問紅場在哪裡?
Ива́н:	Вот тут.	這就是。
Лу́кас:	Кака́я э́то пло́щадь?	這是怎麼樣的廣場?
Ива́н:	Э́то больша́я и краси́вая пло́щадь.	這是大且漂亮的廣場。
Лу́кас:	Что сле́ва?	左邊有什麼?
Ива́н:	Сле́ва ГУМ.	左邊有古姆百貨。
Лу́кас:	А спра́ва?	那右邊呢?
Ива́н:	А спра́ва Кремль.	而右邊有克里姆林宮。
Лу́кас:	Где у́лица Арба́т?	阿爾巴特街在哪裡?
Ива́н:	Вот, недалеко́. Э́то ста́рая у́лица, но о́чень интере́сная.	瞧,在不遠處。這是一條古老的街道,但非常有趣。

※ 莫斯科市中心最大的廣場是紅場(Кра́сная пло́щадь),旁邊是俄羅斯國家最高權力機關克里姆林宮(Кремль),另一邊是具有悠久歷史的古姆百貨(ГУМ)。在市區西邊的阿爾巴特街(у́лица Арба́т)是著名觀光徒步街,這裡除了有博物館、劇院、紀念品商店、餐廳與咖啡廳外,還時常有街頭藝人表演。

單詞&俄語這樣說

單詞 MP3-38

a	連	而
большо́й, -а́я, -о́е, -и́е	形	大的
и	連	且、和
интере́сный, -ая, -ое, -ые	形	有趣的
како́й, -а́я, -о́е, -и́е	代	怎麼樣的、哪一個的
краси́вый, -ая, -ое, -ые	形	漂亮的
кра́сный, -ая, -ое, -ые	形	紅色的
недалеко́	副	不遠處
но	連	但是
о́чень	副	很、非常
пло́щадь	陰	廣場
сле́ва	副	在左邊
спра́ва	副	在右邊
ста́рый, -ая, -ое, -ые	形	古老的、舊的
у́лица	陰	街道

俄語這樣說

➢ Это больша́я и краси́вая пло́щадь. 這是大且漂亮的廣場。
  • и（且、和）為並列連接詞，連接意義一致的詞或句子。
  Здесь стол и кни́ги. 這裡有桌子和書。

➢ Сле́ва ГУМ, а спра́ва Кремль. 左邊有古姆百貨，而右邊有克里姆林宮。
  • а（而）為對比連接詞，連接兩個具有對比意義的句子。
  Кни́га тут, а слова́рь там. 書在這裡，而辭典在那裡。

➢ Э́то ста́рая у́лица, но о́чень интере́сная. 這是一條古老的街道，但非常有趣。
  • но（但是）為對立連接詞，用來突顯意義的不一致。
  Ко́мната ма́ленькая, но ую́тная. 房間是小的，但很舒適。

💡 情境用語 🎧 MP3-39

開口詢問

➢ Скажи́те, пожа́луйста, ...? 請問，……？
- 用於正式場合，向長輩或不熟識的人詢問時。пожа́луйста可省略。
- 熟人之間或非正式場合，可用Скажи́, ...?。

➢ Вы (не) зна́ете, ...? 您知不知道，……？
- зна́ете是動詞знать的複數第二人稱形式。（我們將於第四課學習俄語動詞）
- 加上не為更有禮貌的問法。
- 也可說Вы (не) ска́жете, ...?（您能不能說一下，……？）
- 非正式場合可說Ты (не) зна́ешь, ...?（你知不知道，……？）

表達感謝

➢ Спаси́бо. 謝謝。
- 表達非常感謝，用большо́е спаси́бо。

➢ Пожа́луйста. 不客氣。
- 此為正式用法。
- 非正式場合可說Не́ за что.（不謝。）

請聽對話，並跟著一起念。 🎧 MP3-39

— Скажи́те, пожа́луйста, э́то у́лица Арба́т?

— Да.

— Спаси́бо.

— Пожа́луйста.

請問，這是阿爾巴特街嗎？
是的。
謝謝。
不客氣。

實用詞彙

街道景點 🎧 MP3-40

банк	銀行	пло́щадь	廣場
го́род	城市	проспе́кт	大街
кафе́	咖啡館	рестора́н	餐廳
магази́н	商店	у́лица	街道
парк	公園	центр	中心

住家環境 🎧 MP3-41

дверь 陰	門	ко́мната	房間
дом	房子	ку́хня	廚房
зда́ние	建築物	окно́	窗戶
кабине́т	書房、辦公室	стена́	牆壁
кварти́ра	住宅	эта́ж	樓層

常用形容詞 🎧 MP3-42

бе́дный	貧窮的	бога́тый	富裕的
бе́лый	白的	чёрный	黑的
большо́й	大的	ма́ленький	小的
дли́нный	長的	коро́ткий	短的
дорого́й	貴的	дешёвый	便宜的
лёгкий	容易的、輕的	тру́дный тяжёлый	困難的 重的
мла́дший	年紀輕的	ста́рший	年紀長的
ста́рый	老的、舊的	молодо́й но́вый	年輕的 新的
широ́кий	寬的	у́зкий	窄的

語法解析

1 形容詞

> Это но́вый дом. 這是新的房子。
>
> Это но́вая кварти́ра. 這是新的住宅。
>
> Это но́вое кре́сло. 這是新的沙發椅。
>
> Это но́вые часы́. 這是新的時鐘。

形容詞詞尾（即最後兩個字母）需與後面接的名詞性、數、格一致。變化方式依詞尾前一字母（即倒數第三個字母），可分為四組，其中第1、3、4組又因重音位置不同，分兩種變化方式。

● 表格速記：形容詞

分類	陽性	中性	陰性	複數
1. 子音	но́вый дом 新的房子	но́вое окно́ 新的窗戶	но́вая ко́мната 新的房間	но́вые ве́щи 新的東西
	молодо́й челове́к 年輕人	молодо́е поколе́ние 年輕世代	молода́я де́вушка 年輕女孩	молоды́е лю́ди 年輕人
2. 軟音 -н-	си́ний шкаф 藍色的櫃子	си́нее пла́тье 藍色的連衣裙	си́няя ро́за 藍色的玫瑰	си́ние глаза́ 藍色的眼睛
3. -г- -к- -х-	ма́ленький дом 小的房子	ма́ленькое окно́ 小的窗戶	ма́ленькая ва́за 小的花瓶	ма́ленькие часы́ 小的時鐘
	плохо́й дом 壞的房子	плохо́е окно́ 壞的窗戶	плоха́я ва́за 壞的花瓶	плохи́е часы́ 壞的時鐘
4. -ж- -ч- -ш- -щ-	хоро́ший дом 好的房子	хоро́шее окно́ 好的窗戶	хоро́шая ко́мната 好的房間	хоро́шие часы́ 好的時鐘
	большо́й дом 大的房子	большо́е окно́ 大的窗戶	больша́я ко́мната 大的房間	больши́е часы́ 大的時鐘

> **小叮嚀**
>
> -г-、-к-、-х-、-ж-、-ч-、-ш-、-щ-等字母後面不接-ый、-ые，需改成-ий、-ие。

提問時，用疑問代詞какой（怎麼樣的、哪一個的），它也有性、數、格的變化，變化方式同第三組（-к-）。

◉ 表格速記：疑問代詞какой（怎麼樣的、哪一個的）

陽性	中性	陰性	複數
какóй дом 怎麼樣的房子	**какóе** окнó 怎麼樣的窗戶	**какáя** кóмната 怎麼樣的房間	**какие** часы́ 怎麼樣的時鐘

— Какóй э́то дом? 這是怎麼樣的房子？

— Это нóвый дом. 這是新的房子。

— Какáя э́то сýмка? 這是怎麼樣的包包？

— Это мáленькая сýмка. 這是小的包包。

小試身手 ❶：請按照範例回答問題。

例：Како́й э́то телеви́зор? (дорого́й)

　　Э́то дорого́й телеви́зор.

1. Како́й э́то портфе́ль? (ста́рый)

2. Кака́я э́то кни́га? (интере́сный)

3. Каки́е э́то часы́? (краси́вый и дешёвый)

4. Како́е э́то кре́сло? (ма́ленький)

5. Каки́е э́то шкафы́? (большо́й и но́вый)

6. Како́й э́то дом? (у́зкий)

短文

短文 🎧　MP3-43　請聽音檔，並跟著一起念。

　　Это наш го́род. Он большо́й и краси́вый. Спра́ва банк и магази́ны, сле́ва шко́ла, кафе́ и рестора́ны. Там парк и сад.

　　Это на́ша у́лица. Она́ у́зкая и коро́ткая. Это наш дом. Это на́ша кварти́ра. Вот на́ши ко́мнаты. Сле́ва больша́я ко́мната, а спра́ва ма́ленькая. Это моя́ ко́мната. Она́ ма́ленькая, но ую́тная. Это мой компью́тер. Он уже́ о́чень ста́рый.

　　這是我們的城市。它大且漂亮。右邊是銀行和商店，左邊是學校、咖啡館和餐廳。那邊有公園和花園。

　　這是我們的街道。它窄且短。這是我們的房子。這是我們的住宅。瞧，這是我們的房間。左邊是大房間，而右邊是小的。這是我的房間。它小，但舒適。這是我的電腦。它已經很老舊了。

請再閱讀短文一次，並回答問題。

1. Какóй э́то гóрод?
   _____

2. Банк сле́ва?
   _____

3. Кака́я э́то у́лица?
   _____

4. Сле́ва больша́я и́ли（或）ма́ленькая кóмната?
   _____

5. Э́то нóвый компью́тер?
   _____

俄知識

Переры́в! 休息一下！

俄羅斯居家住宅

俄羅斯幅員廣闊，但一般家庭住宅空間並不大，總是散發著溫馨舒適感。

城市裡可以看到高聳樓房（дом），裡面有很多戶住宅（кварти́ра），一般家庭就住在此。俄國住宅是以房間（ко́мната）為單位，有一房住宅，也有兩房或三房以上。除了房間外，還配有廚房（ку́хня）、浴室（ва́нная）和廁所（туале́т）。

俄羅斯住宅中以木製家具為主，在寒冷的冬夜更顯暖和。有的人家中有床（крова́ть），有的人家中則是沙發床（дива́н-крова́ть）。所以當客人來時，房間搖身一變成為客廳，沙發床也收起來變沙發招待客人；就寢時，攤開來就成了床鋪。

俄羅斯冬日街頭雖然時常大雪紛飛，寒冷刺骨，但建築物裡都有暖氣裝置，運作期間大約自10月至隔年4月。為了確保冬日暖氣正常運作、不故障，每年春夏季時會定期停止供應熱水，以檢查水管設備。（這時候，除非家中有電熱水器，否則只能洗冷水澡了。）

一般住宅外觀

建築物內與樓梯間皆設有暖氣裝置

04 | Четвёртый уро́к

Что ты де́лаешь?

你在做什麼呢？

學習目標
1. 學會電話交際與道別用語
2. 學會表達某人正在做什麼或平常重複做的事
3. 學會表達知道與說某種語言
4. 學會表達做某事的頻率

На вкус и на цвет това́рища нет.
人各有所好。

會話

MP3-44　請聽音檔，並跟著一起念。

Ива́н:	Что ты де́лаешь?	你在做什麼？
Эмма:	Я чита́ю рома́н.	我在讀小說。
Ива́н:	Ты чита́ешь по-ру́сски?	你用俄語讀嗎？
Эмма:	Нет. Я чита́ю по-англи́йски. Я ещё пло́хо зна́ю ру́сский язы́к.	不是。我用英語讀。我還不大知道俄語。
Ива́н:	Что де́лает Лу́кас?	盧卡斯在做什麼？
Эмма:	Я ду́маю, что он смо́трит футбо́л по телеви́зору.	我想，他在看電視轉播的足球賽。
Ива́н:	Он лю́бит футбо́л?	他喜愛足球嗎？
Эмма:	Да. Он ча́сто игра́ет в футбо́л.	是的。他時常踢足球。
Ива́н:	Ян Мин рабо́тает?	楊明在工作嗎？
Эмма:	Коне́чно! Он всегда́ рабо́тает.	當然！他總是在工作。

單詞&俄語這樣說

單詞 🎧 MP3-45

всегда́	副	總是
де́лать	未	做
ду́мать	未	想、認為
ещё	副	再、還
знать	未	知道
игра́ть	未	玩、演奏
коне́чно	語	當然（ч需念[ш]）
люби́ть	未	喜愛
пло́хо	副	不好
по-англи́йски	副	用英語
по-ру́сски	副	用俄語
рабо́тать	未	工作
рома́н	陽	（長篇）小說
ру́сский	形	俄國的、俄羅斯的
смотре́ть	未	觀看、欣賞
телеви́зор	陽	電視
футбо́л	陽	足球
ча́сто	副	時常
чита́ть	未	讀、閱讀
язы́к	陽	語言

俄語這樣說

➢ Он смо́трит футбо́л по телеви́зору. 他在看電視轉播的足球賽。
- 前置詞по加上第三格，表達透過（某）方式、手段、工具。例如по телеви́зору（透過電視）、по ра́дио（透過廣播）、по Интерне́ту（透過網路）。

➢ Он лю́бит футбо́л? 他喜愛足球嗎？
- 動詞люби́ть（喜愛）後面除了可接直接受詞（即第四格），也可接動詞不定式（即動詞原形）。
  - – Что ты лю́бишь де́лать ве́чером? 晚上你喜歡做什麼？
  - – Я люблю́ слу́шать пе́сни. 我喜愛聽歌。

➢ Он ча́сто игра́ет в футбо́л. 他時常踢足球。
- 動詞игра́ть（玩）後接前置詞в，再加上運動名稱（第四格），表達從事（某種）運動，例如игра́ть в футбо́л（踢足球）、игра́ть в те́ннис（打網球）。相關詞彙請看第83頁「實用詞彙：運動名稱」。

情境用語 🎧 MP3-46

電話用語

➢ Алло́! 喂！
  - 接聽電話時用。正式場合可用Слу́шаю вас.（請說。）
  - 電話中介紹自己的名字時，需用「э́то＋名字」，例如Алло́! Э́то Анна.（喂！我是安娜。）

➢ Мину́ту. 稍等一下！
  - мину́ту是мину́та（分鐘）的第四格形式，也可說мину́точку.（稍等一會兒。）
  - 除了講電話時可使用外，也常用於一般對話中。

道別用語

➢ До свида́ния! 再見！
  - 用於正式場合，或向長官、長輩與非熟識者道別時。
  - Пока́!（掰掰！）用於非正式場合，或向晚輩與親朋好友道別時。
  - 也可視情況說 До за́втра!（明天見！）、До встре́чи!（下次見！）
  - 夜晚道別時或睡前可說Споко́йной но́чи!（晚安！）。

請聽對話，並跟著一起念。 🎧 MP3-46

— Алло́! Пётр до́ма?

— Да. Мину́ту.

— Пётр, приве́т! Как дела́?

— Хорошо́, спаси́бо.

— Скажи́, конце́рт за́втра?

— Да, за́втра.

— Спаси́бо. До свида́ния.

— До за́втра.

喂！彼得在家嗎？
在。請等一下。
嗨，彼得！你好嗎？
很好，謝謝。
請問，音樂會是明天嗎？
對，是明天。
謝謝。再見。
明天見。

實用詞彙

運動名稱　MP3-47

баскетбо́л	籃球	игра́ть в баскетбо́л	打籃球
те́ннис	網球	игра́ть в те́ннис	打網球
футбо́л	足球	игра́ть в футбо́л	踢足球
хокке́й	曲棍球	игра́ть в хокке́й	打曲棍球
ша́хматы 複	西洋棋	игра́ть в ша́хматы	下西洋棋

文藝創作　MP3-48

бале́т	芭蕾舞	расска́з	短篇小說
вы́ставка	展覽會	рома́н	長篇小說
детекти́в	偵探小說	сериа́л	連續劇
карти́на	圖畫	стихи́ 複	詩歌
му́зыка	音樂	фильм	影片
пе́сня	歌曲	фотогра́фия фо́то	照片

語言名稱 🎧 MP3-49

английский язык	英語	немецкий язык	德語
испанский язык	西班牙語	русский язык	俄語
китайский язык	漢語	французский язык	法語
корейский язык	韓語	японский язык	日語

一日時辰 🎧 MP3-50

утро	早晨	утром	在早晨時
день 陽	白天	днём	在白天時
вечер	晚上	вечером	在晚上時
ночь 陰	深夜	ночью	在深夜時

語法解析

❶ 動詞現在時

➤ Я читáю. 我在讀。

➤ Мáша читáет. 瑪莎在讀。

➤ Ивáн и Антóн читáют. 伊凡和安東在讀。

動詞現在時表達正在進行，或平常重複進行的動作，詞尾需跟著句中主語的人稱與數變化，此規則在語法上稱為「變位」（спряжéние）。主要分為兩種，即e變位與и變位。

● 表格速記：動詞變位

人稱	e變位 ・以-ать結尾的原形動詞為主 ・去掉-ть，加上與人稱和數相符的詞尾		и變位 ・以-ить結尾的原形動詞為主 ・去掉-ить，加上與人稱和數相符的詞尾	
	дéлать 做	詞尾	говори́ть 說	詞尾
я	дéлаю	**-ю**	говорю́	**-ю**
ты	дéлаешь	**-ешь**	говори́шь	**-ишь**
он / онá	дéлает	**-ет**	говори́т	**-ит**
мы	дéлаем	**-ем**	говори́м	**-им**
вы	дéлаете	**-ете**	говори́те	**-ите**
они́	дéлают	**-ют**	говоря́т	**-ят**

請注意動詞詞尾需與主詞一致。

- Я рабо́таю. 我在工作。

- Ива́н обе́дает. 伊凡在吃午餐。

- Ма́ша и Са́ша гуля́ют. 瑪莎和薩沙在散步。

- Преподава́тель говори́т. 老師說。

- Ба́бушка звони́т. 奶奶打電話。

- Друзья́ смо́трят. 朋友們觀看。

小叮嚀

俄語初級必備 е 變位動詞

гуля́ть	散步、遊逛	обе́дать	吃午餐	рабо́тать	工作
де́лать	做	отвеча́ть	回答	реша́ть	決定
ду́мать	想、考慮	отдыха́ть	休息	слу́шать	聽
знать	知道	писа́ть	寫	спра́шивать	問
за́втракать	吃早餐	повторя́ть	重複	у́жинать	吃晚餐
игра́ть	玩、演奏	покупа́ть	買	чита́ть	讀、看
изуча́ть	學	понима́ть	理解、明白		

俄語初級必備 и 變位動詞

говори́ть	說	звони́ть	打電話	смотре́ть	觀看、欣賞
гото́вить	準備	кури́ть	抽菸	учи́ть	學、複習、背誦

小試身手 ❶：請寫出動詞各人稱的現在時形式。

人稱	гуля́ть 散步、遊逛	рабо́тать 工作	чита́ть 讀、看
я			
ты			
он / она́			
мы			
вы			
они́			

人稱	звони́ть 打電話	кури́ть 抽菸	смотре́ть 看
я			
ты			
он / она́			
мы			
вы			
они́			

小試身手 ❷：請按照動詞填入人稱代詞正確形式。

1. _____ читáет

2. _____ готóвим

3. _____ говори́шь

4. _____ слу́шают

5. _____ смотрю́

6. _____ отдыхáете

俄語動詞變化過程中，有些子音會發生音變，例如писа́ть的с會變成ш。變位時，要先把-сать去掉，改成-ш，單數第一人稱（я）需加上-у，複數第三人稱（они́）需加上-ут。

人稱	писа́ть 寫	詞尾
я	пишу́	**-у**
ты	пи́шешь	**-ешь**
он / она́	пи́шет	**-ет**
мы	пи́шем	**-ем**
вы	пи́шете	**-ете**
они́	пи́шут	**-ут**

屬於и變位的原形動詞去掉-ить後，如果最後一個字母是-ж、-ч、-ш、-щ，單數第一人稱（я）要加上-у，複數第三人稱（они́）要加上ат，以учи́ть（學）為例：

人稱	учи́ть 學	詞尾
я	учу́	**-у**
ты	у́чишь	**-ишь**
он / она́	у́чит	**-ит**
мы	у́чим	**-им**
вы	у́чите	**-ите**
они́	у́чат	**-ат**

屬於и變位的原形動詞去掉-ить後，如果最後一個字母是-б或-в，單數第一人稱（я）需先加上-л，再加上動詞詞尾-ю。

人稱	люби́ть 喜愛	гото́вить 準備	詞尾
я	люблю́	гото́влю	**-ю**
ты	лю́бишь	гото́вишь	**-ишь**
он / она́	лю́бит	гото́вит	**-ит**
мы	лю́бим	гото́вим	**-им**
вы	лю́бите	гото́вите	**-ите**
они́	лю́бят	гото́вят	**-ят**

請讀下面句子：

➢ Студе́нты пи́шут. 學生們在寫。

➢ Я гото́влю. 我在準備。

小試身手 ③：請按照範例回答問題。

例：Что де́лает А́нна? (чита́ть)

　　Она́ чита́ет.

1. Что де́лают па́па и ма́ма? (за́втракать)

　　_____

2. Что де́лает Воло́дя? (писа́ть)

　　_____

3. Что она́ де́лает? (звони́ть)

　　_____

4. Что де́лают де́ти? (гуля́ть)

　　_____

5. Что ты де́лаешь? (рабо́тать)

　　_____

❷ 非動物名詞第四格

> Па́па чита́ет газе́ту, а ма́ма смо́трит телеви́зор.
> 爸爸在看報紙，而媽媽在看電視。

動詞可分為及物動詞與不及物動詞。及物動詞可接名詞第四格，表達動作的直接客體，例如чита́ть журна́л（讀雜誌）、чита́ть кни́гу（讀書）、смотре́ть телеви́зор（看電視）。

* 動物名詞第四格與非動物名詞第四格變化方式不同，本課僅介紹非動物名詞第四格，動物名詞第四格請見第七課。

非動物名詞陽、中性與複數的第四格形式等於第一格，僅陰性-a、-я詞尾需變化。

◉ 表格速記：非動物名詞單數第四格

格	一		四	
性	詞尾	例詞	詞尾	例詞
陽 он	-子音	стол 桌子	-子音	стол
	-й	музе́й 博物館	-й	музе́й
	-ь	слова́рь 辭典	-ь	слова́рь
中 оно́	-о	окно́ 窗戶	-о	окно́
	-е	зда́ние 建築物	-е	зда́ние
陰 она́	-а	маши́на 車子	**-у**	маши́ну
	-я	семья́ 家庭	**-ю**	семью́
	-ь	тетра́дь 本子	-ь	тетра́дь

請讀下面句子，並注意詞尾變化。

➢ Антóн смóтрит фильм. 安東正在看影片。

➢ Тáня слýшает мýзыку. 塔妮婭正在聽音樂。

➢ Мáша пи́шет статью́. 瑪莎正在寫文章。

非動物名詞複數第四格詞尾與第一格相同。

➢ Друзья́ слýшают пéсни. 朋友們在聽歌。

➢ Студéнты читáют стихи́. 學生們在讀詩。

小試身手 ④：請用括號內的詞回答。

1. Студéнты ýчат ＿＿＿＿＿＿（граммáтика）.

2. Ивáн читáют ＿＿＿＿＿＿（детекти́в）.

3. Они́ слýшают ＿＿＿＿＿＿（лéкция）.

4. Мы смóтрим ＿＿＿＿＿＿（вы́ставка）.

5. Брат решáет ＿＿＿＿＿＿（задáния）.

提問時，可用疑問詞что（什麼）。

- Что чита́ет Са́ша? 薩沙在讀什麼？
- Он чита́ет журна́л. 他在讀雜誌。

- Что ты смо́тришь? 你在看什麼？
- Я смотрю́ сериа́л. 我在看連續劇。

小試身手❺：請按照範例回答問題。

例：Что де́лает Анна? (дома́шнее зада́ние)

   Она́ де́лает дома́шнее зада́ние.

1. Что пи́шет студе́нтка? (статья́)
   _____

2. Что повторя́ет студе́нт? (слова́)
   _____

3. Что слу́шает Ди́ма? (ра́дио)
   _____

4. Что гото́вит Алекса́ндр? (у́жин)
   _____

5. Что смо́трят друзья́? (бале́т)
   _____

❸ 語言表達方式、修飾動詞的副詞

➢ Лу́кас зна́ет ру́сский язы́к. 盧卡斯知道俄語。

➢ Он хорошо́ говори́т по-ру́сски. 他俄語說得好。

➢ Анто́н ча́сто смо́трит футбо́л. 安東時常看足球賽。

語言表達方式可分為兩種：

1. 把語言當做知道、學習的對象時，需用名詞或名詞詞組表示。

знать 知道	ру́сский язы́к 俄語
изуча́ть 學習	англи́йский язы́к 英語
учи́ть 學、複習	кита́йский язы́к 漢語

2. 語言做為溝通交際工具時，要用по-加表語言名稱的形容詞並去掉й。

слу́шать 聽	
говори́ть 說	по-ру́сски 用俄語
чита́ть 讀	по-англи́йски 用英語
писа́ть 寫	по-кита́йски 用漢語
понима́ть 理解、明白	

> **小叮嚀**
>
> изуча́ть與учи́ть都有學習的意思，изуча́ть主要指學習、研究某專業學科，例如изуча́ть литерату́ру（學文學）、изуча́ть исто́рию（學歷史）；учи́ть主要指具體學習、複習、背誦某項目或課程，例如учи́ть слова́（學、複習詞彙）、учи́ть грамма́тику（學語法）。

請讀下面對話：

— Что вы изучáете? 您在學什麼？

— Я изучáю рýсский языќ. 我在學俄語。

— Джон говори́т по-рýсски? 約翰説俄語嗎？

— Нет, он не говори́т по-рýсски. Он не понимáет рýсский языќ.
不，他不説俄語。他不懂俄語。

小試身手❻：請按照句意圈選適當的詞。

1. — Вы знáете (немéцкий языќ / по-немéцки)?

   — Я не знáю. Я не говорю́ (немéцкий языќ / по-немéцки).

2. — Вы хорошó пи́шете (рýсский языќ / по-рýсски)!

   — Спаси́бо! Я давнó изучáю (рýсский языќ / по-рýсски).

表達語言程度時，可用副詞修飾。

| хорошо́ 好
непло́хо 不差
пло́хо 不好 | мно́го 多
немно́го 不多
ма́ло 少
чуть-чу́ть 一點點 | бы́стро 快
ме́дленно 慢 | пра́вильно 正確
непра́вильно 不正確 |

➢ Ива́н чуть-чу́ть говори́т по-япо́нски. 伊凡講一點點日語。

➢ Андре́й пра́вильно пи́шет по-кита́йски. 安德烈中文寫得正確。

提問時，可用疑問詞как（如何）。

– Как Лу́кас говори́т по-ру́сски? 盧卡斯俄語說得如何？

– Он говори́т по-ру́сски хорошо́ и бы́стро. 他俄語講得好且快。

表達動作發生頻率，可用頻率副詞修飾動詞。

| всегда́ 總是
никогда́ (не)
從來（不、沒有） | ча́сто 常常
ре́дко 不常 | иногда́ 有時
обы́чно 一般、通常 | ка́ждый день 每天
ка́ждый ме́сяц 每月 |

> **小叮嚀**
> 限定代詞ка́ждый（每、每個）詞尾變化與形容詞相同，需隨後接名詞的性、數、格變化。例如ка́ждое у́тро（每個早上）、ка́ждый ве́чер（每個晚上）。

➤ Са́ша ча́сто чита́ет газе́ты. 薩沙時常看報紙。

➤ Юрий ре́дко игра́ет в футбо́л. 尤里很少踢足球。

➤ Они́ никогда́ не смо́трят сериа́лы. 他們從來不看連續劇。

提問時，用как ча́сто（多常）。

— Как ча́сто звони́т Эмма? 艾瑪多常打電話？

— Она́ звони́т ка́ждый день. 她每天打電話。

小試身手 ❼：請用反義詞回答。

1. Са́ша *хорошо́* зна́ет ру́сский язы́к.

   А Андре́й _____

2. Ива́н *ма́ло* говори́т по-кита́йски.

   А Ли Бин _____

3. Бори́с *ре́дко* гото́вит за́втрак.

   А Та́ня _____

4. Он *ме́дленно* чита́ет газе́ты.

   А она́ _____

5. Ма́ша *пра́вильно* слу́шает.

   А Лю́да _____

小試身手 ❽：請將單詞組成句子。

1. по-ру́сски, Влади́мир, ка́ждый день, говори́ть.

   _____

2. ре́дко, по-англи́йски, чита́ть, Анна, писа́ть, и.

   _____

3. баскетбо́л, обы́чно, по телеви́зору, Джон, смотре́ть.

   _____

4. язы́к, Ири́на, коре́йский, знать, не.

   _____

5. игра́ть, хорошо́, Ви́ктор, в футбо́л.

   _____

短文

短文 🎧 MP3-51　請聽音檔，並跟著一起念。

　　Это Эмма. Она́ америка́нка. Она́ студе́нтка. Её родно́й язы́к — англи́йский. Она́ уже́ немно́го говори́т по-ру́сски. Ка́ждый день она́ у́чит слова́, слу́шает ра́дио, мно́го чита́ет и пи́шет по-ру́сски. Она́ ду́мает, что ру́сский язы́к — тру́дный, но краси́вый и интере́сный.

　　Она́ лю́бит кни́ги и спорт. В свобо́дное вре́мя она́ чита́ет рома́ны. Ве́чером она́ и друзья́ иногда́ игра́ют в те́ннис.

單詞

в свобо́дное вре́мя 空閒時

　　這是艾瑪。她是美國人。她是大學生。她的母語是英語。她已經會講一點俄語。她每天學詞彙、聽廣播、用俄語大量閱讀與書寫。她認為，俄語很難，但美麗且有趣。

　　她喜愛書籍與運動。空閒時候她讀小說。晚上她和朋友們有時打網球。

請再閱讀短文一次,並回答問題。

1. Эмма америка́нка? Како́й её родно́й язы́к?
   _____

2. Как она́ говори́т по-ру́сски?
   _____

3. Что она́ у́чит и слу́шает ка́ждый день?
   _____

4. Что Эмма де́лает в свобо́дное вре́мя?
   _____

5. Что она́ и друзья́ иногда́ де́лают ве́чером?
   _____

俄知識

Переры́в! 休息一下！

俄羅斯文藝寶庫

　　俄羅斯迷人之處，除了有四季分明的自然美景，還有歷史悠久的文化資產。以文藝作品為例，除了流傳至今的文學、美術、雕塑、音樂、建築作品外，官方與民間也積極採取措施，將文藝家的生活點滴轉化成文化資產保存下來，所以除了名人故居博物館外，現今在俄羅斯各地可見名人紀念碑，或是以其姓氏命名的街道。

　　喜愛俄羅斯文化藝術、想欣賞俄國本土畫家的藝術傑作，一定要參觀位於莫斯科的特列季亞科夫美術館（Третьяко́вская галере́я）與位於聖彼得堡的俄羅斯美術館（Ру́сский музе́й）。對俄羅斯歷史有興趣者，來到莫斯科時，不妨安排參觀歷史博物館（Истори́ческий музе́й），它就位於紅場（Кра́сная пло́щадь）上、克里姆林宮（Кремль）旁。另外，位於聖彼得堡涅瓦河畔的華麗建築即是艾爾米塔什博物館（Эрмита́ж），裡面收藏海內外知名藝術家的經典之作。

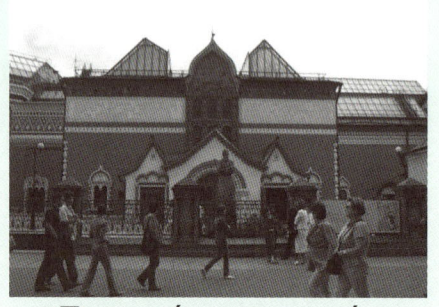

Третьяко́вская галере́я
特列季亞科夫美術館

Ру́сский музе́й
俄羅斯美術館

Эрмита́ж
艾爾米塔什博物館

Истори́ческий музей
歷史博物館

05 | Пя́тый уро́к

Ско́лько сто́ит э́тот шарф?

這條圍巾多少錢？

學習目標
1. 學會購物用語
2. 學會數詞與價格表達方式
3. 學會表達「這（個、件、雙、支、位）」
4. 學會表達「我喜歡……」

Семь раз приме́рь, а оди́н раз отре́жь.
三思而後行。

會話　MP3-52　請聽音檔,並跟著一起念。

Продаве́ц:	Что вы хоти́те?	您想要什麼?
Эмма:	Я хочу́ шарф. Покажи́те, пожа́луйста, ша́рфы!	我想要圍巾。請給我看看圍巾!
Продаве́ц:	Вот э́то на́ши но́вые ша́рфы.	請看,這是我們的新圍巾。
Эмма:	Скажи́те, пожа́луйста, ско́лько сто́ит э́тот си́ний шарф?	請問,這條藍圍巾多少錢?
Продаве́ц:	500 рубле́й.	500盧布。
Эмма:	Ой, до́рого! А ско́лько сто́ит э́та кра́сная ша́пка?	啊呀,太貴了!那這頂紅毛帽多少錢?
Продаве́ц:	Она́ сто́ит 122 рубля́.	它122盧布。
Эмма:	Мне нра́вится э́та кра́сная ша́пка. Я хочу́ э́ту ша́пку.	我喜歡這頂紅毛帽。我想要這頂毛帽。
Продаве́ц:	Хорошо́. Мину́точку. Вот ва́ша ша́пка.	好的。請等一下。這是您的毛帽。
Эмма:	Спаси́бо.	謝謝。

單詞&俄語這樣說

單詞 🎧 MP3-53

до́рого	副	貴
кра́сный, -ая, -ое, -ые	形	紅色的
мне	代	я第三格形式
но́вый, -ая, -ое, -ые	形	新的
нра́виться	未	喜歡
ой	感	啊呀
продаве́ц	陽	店員
рубль	陽	盧布 рубля́ 單二 рубле́й 複二
си́ний, -яя, -ее, -ие	形	藍色的
ско́лько	代	多少
сто́ить	未	值
хоте́ть	未	想、想要
ша́пка	陰	毛帽
шарф	陽	圍巾
э́тот, э́та, э́то, э́ти	代	這個

俄語這樣說

➢ Что вы хоти́те? 您想要什麼？

- 動詞хоте́ть（想要）後面除了可接直接受詞（即第四格），也可接動詞不定式（即動詞原形）。

    Я хочу́ ша́пку. 我想要毛帽。

    Я хочу́ купи́ть ша́пку. 我想買毛帽。

- 請注意хоте́ть現在時變位規則。

人稱	хоте́ть 想要
я	хочу́
ты	хо́чешь
он / она́	хо́чет
мы	хоти́м
вы	хоти́те
они́	хотя́т

情境用語 🎧 MP3-54

購物用語

➤ Покажи́те, пожа́луйста, ...! 請展示（讓我看看）……！
- покажи́те是動詞показа́ть（展示）的命令式。пожа́луйста可省略。
- 非正式場合可用Покажи́!。

➤ Да́йте, пожа́луйста, ...! 請給（我）……！
- да́йте是動詞дать（給）的命令式。пожа́луйста可省略。
- 非正式場合可用Дай!。

> **小叮嚀**
> пожа́луйста有「請（看、給）」和「不客氣」等意思。

請聽對話，並跟著一起念。 MP3-54

— Здра́вствуйте! Покажи́те, пожа́луйста, зонт.

— Како́й?

— Вот э́тот кра́сный.

— Пожа́луйста!

— Скажи́те, пожа́луйста, ско́лько сто́ит э́тот зонт?

— 299 рубле́й.

— Да́йте, пожа́луйста, э́тот кра́сный зонт.

— Хорошо́.

您好！請讓我看看雨傘。
哪一把？
就這把紅色的。
請看！
請問這把傘多少錢？
299盧布。
請給我這把紅色的傘。
好。

實用詞彙

服飾鞋類 MP3-55

брю́ки	褲子	перча́тки	手套
джи́нсы	牛仔褲	пла́тье	連衣裙
костю́м	服裝、西裝	руба́шка	襯衫
о́бувь 陰	鞋	сапоги́	靴子
оде́жда	衣服	ша́пка	毛帽
пальто́	大衣	шарф	圍巾

顏色名稱 MP3-56

бе́лый	白色的	кра́сный	紅色的
голубо́й	天藍色的	се́рый	灰色的
жёлтый	黃色的	си́ний	藍色的
зелёный	綠色的	фиоле́товый	紫色的
кори́чневый	棕色的	чёрный	黑色的

數字 🎧 MP3-57

1	оди́н	11	оди́ннадцать			100	сто
2	два	12	двена́дцать	20	два́дцать	200	две́сти
3	три	13	трина́дцать	30	три́дцать	300	три́ста
4	четы́ре	14	четы́рнадцать	40	со́рок	400	четы́реста
5	пять	15	пятна́дцать	50	пятьдеся́т	500	пятьсо́т
6	шесть	16	шестна́дцать	60	шестьдеся́т	600	шестьсо́т
7	семь	17	семна́дцать	70	се́мьдесят	700	семьсо́т
8	во́семь	18	восемна́дцать	80	во́семьдесят	800	восемьсо́т
9	де́вять	19	девятна́дцать	90	девяно́сто	900	девятьсо́т
10	де́сять					1000	ты́сяча

> **小叮嚀**
>
> оди́н（1）有陽、中、陰性與複數形式，分別是 оди́н、одно́、одна́ 與 одни́。два（2）有陽、陰性形式，分別是 два 與 две。其他數詞只有單一形式。

語法解析

❶ 數詞與名詞連用

➢ Рýчка стóит 21 рубль. 筆值21盧布。

➢ Газéта стóит 22 рубля́. 報紙值22盧布。

➢ Журнáл стóит 25 рублéй. 雜誌值25盧布。

俄羅斯的貨幣為рубль（盧布，縮寫為руб.）與копéйка（戈比，縮寫為коп.，現今已較少使用），1盧布等於100戈比。

數詞與名詞連用時，名詞需變格。下表以рубль為例，請注意，個位數不同時，後接名詞的變格方式也不同。

◉ 表格速記：數詞與名詞連用變格規則

數詞	變格規則	單詞	說明
1 21, 31, 101, ...	＋名詞單數第一格	рубль	個位數為оди́н（1）時，後接名詞單數第一格。
2, 3, 4 22, 33, 184, ...	＋名詞單數第二格	рубля́	個位數為два（2）、три（3）、четы́ре（4）時，後接名詞需變成單數第二格。
5, 6, ..., 11, 12, 13, 14, ..., 20 35, 177, ...	＋名詞複數第二格	рублéй	個位數為пять（5）、шесть（6）至два́дцать（20）時，後接名詞需變成複數第二格。

小試身手 ①：請填入 рубль（盧布）正確形式。

1. 50 ＿＿＿＿＿＿＿＿＿＿

2. 78 ＿＿＿＿＿＿＿＿＿＿

3. 91 ＿＿＿＿＿＿＿＿＿＿

4. 430 ＿＿＿＿＿＿＿＿＿＿

5. 12 ＿＿＿＿＿＿＿＿＿＿

6. 134 ＿＿＿＿＿＿＿＿＿＿

7. 256 ＿＿＿＿＿＿＿＿＿＿

　　動詞 стóить（值）現在時與單數名詞連用時為 стóит，與複數名詞連用時為 стóят。提問時，用疑問代詞 скóлько（多少）。

－ Скóлько стóит шарф? 圍巾多少錢？

－ Шарф стóит 250 рублéй. 圍巾值250盧布。

－ Скóлько стóят сапогú? 靴子多少錢？

－ Сапогú стóят 554 рубля́. 靴子值554盧布。

小試身手 ❷：請按照句意圈選正確的動詞，並填入 рубль 正確形式。

1. Кни́ги (сто́ит, сто́ят) 166 _____.

2. Газе́та (сто́ит, сто́ят) 33 _____.

3. Тетра́дь (сто́ит, сто́ят) 11 _____.

4. Конве́рт (сто́ит, сто́ят) 25 _____.

5. Журна́лы (сто́ит, сто́ят) 153 _____.

小試身手 ❸：請按照範例回答問題。

例：Ско́лько сто́ит пла́тье? (990, рубль)

　　Оно́ сто́ит 990 рубле́й.

1. Ско́лько сто́ят брю́ки? (560, рубль)

　　_____

2. Ско́лько сто́ит ша́пка? (299, рубль)

　　_____

3. Ско́лько сто́ят перча́тки? (213, рубль)

　　_____

4. Ско́лько сто́ит шарф? (255, рубль)

　　_____

5. Ско́лько сто́ят джи́нсы? (934, рубль)

　　_____

❷ 指示代詞 э́тот（這個）、動詞 нра́виться（喜歡）

➢ Э́тот шарф сто́ит 225 рубле́й. 這條圍巾值225盧布。

➢ Мне нра́вится э́тот шарф. 我喜歡這條圍巾。

➢ Я хочу́ э́тот шарф. 我想要這條圍巾。

指示代詞 э́тот（這個、這條、這件、這本……）有性、數、格的變化，需與後接名詞一致。

◉ **表格速記：指示代詞 э́тот（這個）第一格**

性/數	第一格	例句
陽	э́тот	Э́тот журна́л сто́ит 25 рубле́й. 這本雜誌值25盧布。 Э́тот журна́л интере́сный. 這本雜誌很有趣。
中	э́то	Э́то кре́сло сто́ит 399 рубле́й. 這張單人沙發椅值399盧布。 Э́то кре́сло о́чень ма́ленькое. 這張單人沙發椅非常小。
陰	э́та	Э́та ма́рка сто́ит 4 рубля́. 這張郵票值4盧布。 Э́та ма́рка некраси́вая. 這張郵票不好看。
複	э́ти	Э́ти кни́ги стоя́т 1000 рубле́й. 這些書值1000盧布。 Э́ти кни́ги дороги́е. 這些書很昂貴。

小叮嚀

中性形式 э́то 在句中可當主語，表達「這是……」，例如：

➢ Э́то стол. 這是桌子。

➢ Э́то А́нна. 這是安娜。

小試身手 ❹：請填入指示代詞 э́тот（這個）正確形式。

1. _____ молоко́ сто́ит 30 рубле́й.

2. _____ ко́мната ма́ленькая.

3. _____ очки́ сто́ят 799 рубле́й.

4. _____ стул большо́й.

5. _____ тетра́дь сто́ит 10 рубле́й.

動詞нра́виться（喜歡）與單數名詞連用時，需變成нра́вится，與複數名詞連用則為нра́вятся。請注意，表達「我喜歡……」時，「我」不是用я，要用第三格мне，即「Мне нра́вится / нра́вятся...」。問對方「您喜歡……嗎？」，也需用вы的第三格вам，即「Вам нра́вится / нра́вятся...?」。

◉ **表格速記：動詞нра́виться（喜歡）**

數	нра́виться	例句
單	нра́вится	Како́й журна́л вам нра́вится? 您喜歡哪一本雜誌？ Мне **нра́вится** э́тот ру́сский журна́л. 我喜歡這本俄國雜誌。 Како́е кре́сло вам нра́вится? 您喜歡哪一張單人沙發椅？ Мне **нра́вится** э́то кра́сное кре́сло. 我喜歡這張紅色單人沙發椅。 Кака́я маши́на вам нра́вится? 您喜歡哪一輛車？ Мне **нра́вится** э́та больша́я маши́на. 我喜歡這輛大的車。
複	нра́вятся	Каки́е часы́ вам нра́вятся? 您喜歡哪只手錶？ Мне **нра́вятся** э́ти бе́лые часы́. 我喜歡這只白色的手錶。

小試身手❺：請按照句意填入動詞 нра́виться（喜歡）與指示代詞 э́тот（這個）正確形式。

1. Мне _____ _____ пальто́.

2. Вам _____ _____ ма́ленькая кварти́ра?

3. Мне _____ _____ си́ние перча́тки.

4. Мне _____ _____ большо́й ру́сско-кита́йский слова́рь

（大俄漢辭典）.

5. Вам _____ _____ чёрная ша́пка?

指示代詞 этот（這個）與後接名詞在句中當受詞時，需變第四格。

* 非動物名詞第四格變化可參考第四課。

◉ **表格速記：指示代詞 этот（這個）第四格**

性 / 數	第一格	第四格	例句
陽	э́тот	э́тот	Како́й журна́л вы хоти́те? 您想要哪本雜誌？ Я хочу́ э́тот журна́л. 我想要這本雜誌。
中	э́то	э́то	Како́е кре́сло вы хоти́те? 您想要哪張沙發椅？ Я хочу́ э́то кре́сло. 我想要這張沙發椅。
陰	э́та	э́ту	Каку́ю маши́ну вы хоти́те? 您想要哪輛車？ Я хочу́ э́ту маши́ну. 我想要這輛車。
複	э́ти	э́ти	Каки́е очки́ вы хоти́те? 您想要哪副眼鏡？ Я хочу́ э́ти очки́. 我想要這副眼鏡。

小試身手 ❻：請按照句意填入動詞 хотéть（想要）與指示代詞 э́тот（這個）正確形式。

1. Ты _____ _____ тетрáдь?

2. Я _____ посмотрéть _____ фильм.

3. Вы _____ читáть _____ кни́гу?

4. Они́ _____ _____ си́ние шáпки.

5. Её сестрá _____ _____ крéсло.

小試身手 ❼：請將單詞組成句子。

1. часы́, какóй, нрáвиться, вы?
   _____

2. хотéть, э́та сýмка, мáма.
   _____

3. хотéть, э́ти сапоги́, егó дéвушка.
   _____

4. газéта, нрáвиться, я, э́тот.
   _____

5. джи́нсы, стóить, скóлько, чёрный, э́тот?
   _____

短文

短文 🎧 MP3-58　請聽音檔，並跟著一起念。

　　Это магази́н «Оде́жда». Здесь краси́вые, дешёвые и тёплые ша́рфы, ша́пки, пальто́ и джи́нсы.

　　Этот жёлтый шарф сто́ит 154 рубля́. Эта си́няя ша́пка сто́ит 199 рубле́й. Мне нра́вится э́та ша́пка. Я хочу́ э́ту ша́пку. Это бе́лое пальто́ сто́ит 585 рубле́й. Эти джи́нсы о́чень краси́вые, но дороги́е. Они́ сто́ят 999 рубле́й.

這是服飾商店。這裡有漂亮、便宜且保暖的圍巾、毛帽、大衣和牛仔褲。

這條黃色圍巾值154盧布。這頂藍色毛帽值199盧布。我喜歡這頂毛帽。我想要這頂毛帽。這件白大衣值585盧布。這條牛仔褲非常漂亮，但很貴。它值999盧布。

請再閱讀短文一次，並回答問題。

1. Жёлтый шарф стóит 145 рублéй?
   _____

2. Скóлько стóит эта сúняя шáпка?
   _____

3. Какóе пальтó стóит 585 рублéй?
   _____

4. Эти джúнсы дешёвые?
   _____

5. Скóлько стóят эти джúнсы?
   _____

俄知識

Переры́в! 休息一下！

來去俄羅斯鄉下住一晚

座落於俄羅斯鄉野間的各式特色小屋，俄文稱為「達恰」（да́ча）。有些人將да́ча當成一般住家，平常就住在裡面。有些人則將它當成渡假小屋，平常日在市區上班，週末或夏天到да́ча休息，遠離吵雜喧囂的大城市，來到綠草原、白樺樹（берёза）與藍湖水的懷抱下歇一歇，享受大自然新鮮空氣與田園風光。

近年來，俄羅斯旅遊業蓬勃發展，有些да́ча轉型成民宿，招待世界各地旅人體驗北國鄉村生活、感受俄羅斯民族的熱情好客。像是位於金環（Золото́е кольцо́）上的蘇茲達里（Су́здаль）就有不少民宿型да́ча，除了提供住宿外，也有道地佳餚、俄式桑拿、單車環城等服務。來到俄羅斯，別忘了安排幾天鄉村之旅喔！

06 | Шестóй урóк

Где ты был вчерá?

昨天你去哪裡了？

學習目標
1. 學會允許與拒絕表達方式
2. 學會表達人或物的位置
3. 學會表達某人做過什麼或之前重複做的事
4. 學會表達某地方曾有什麼活動

Лýчше раз увúдеть,
чем сто раз услы́шать.
百聞不如一見。

會話

MP3-59　請聽音檔，並跟著一起念。

Ива́н:	Где ты был вчера́?	昨天你去哪裡了？
Лу́кас:	Вчера́ я был на стадио́не. Там я смотре́л футбо́л.	昨天我去了體育場。在那邊我看了足球賽。
Ива́н:	А в суббо́ту?	那星期六呢？
Лу́кас:	В суббо́ту я был в музе́е.	星期六我去了博物館。
Ива́н:	Что бы́ло в музе́е?	博物館有什麼？
Лу́кас:	Там была́ ле́кция «Пу́шкин в Росси́и».	那裡有「普希金在俄羅斯」講座。
Ива́н:	Ты не зна́ешь, Эмма сейча́с в общежи́тии?	你知不知道，艾瑪現在在宿舍嗎？
Лу́кас:	Я ду́маю, что она́ сейча́с в библиоте́ке.	我想，她現在在圖書館。
Ива́н:	Почему́ ты так ду́маешь?	為什麼你這樣想？
Лу́кас:	Потому́ что на у́лице хо́лодно, и за́втра контро́льная рабо́та. Она́ сейча́с должна́ повторя́ть уро́к в библиоте́ке.	因為街上很冷，且明天有隨堂測驗。她現在應該在圖書館複習功課。

單詞&俄語這樣說

單詞　MP3-60

библиоте́ка	陰	圖書館	в библиоте́ке	在圖書館
быть	未	在、是		
（過去時был, была́, бы́ло, бы́ли）				
в	前	（＋第六格）在		
вчера́	副	昨天		
ду́мать	未	想、認為		
за́втра	副	明天		
контро́льная рабо́та		隨堂測驗		
ле́кция	陰	講座課		
музе́й	陽	博物館	в музе́е	在博物館
на	前	（＋第六格）在		
общежи́тие	中	宿舍	в общежи́тии	在宿舍
повторя́ть	未	複習、重複		
Росси́я	陰	俄羅斯	в Росси́и	在俄羅斯
сейча́с	副	現在		
смотре́ть	未	觀看、欣賞		
стадио́н	陽	體育場	на стадио́не	在體育場
суббо́та	陰	星期六	в суббо́ту	在星期六時
так	副	如此		
у́лица	陰	街道	на у́лице	在街上
уро́к	陽	課、功課		
футбо́л	陽	足球		
хо́лодно	副	很冷		

俄語這樣說

> Я ду́маю, что она́ сейча́с в библиоте́ке. 我想，她現在在圖書館。
> - 「что она́ сейча́с в библиоте́ке（她現在在圖書館）」說明主句中「ду́маю（想）」的具體內容，что在句中當連接詞。

> Она́ сейча́с должна́ повторя́ть уро́к в библиоте́ке.
> 她現在應該在圖書館複習功課。
> - до́лжен（應該）依照主語的性、數有不同變化，後接動詞原形。
>   Он до́лжен повторя́ть уро́к. 他應該複習功課。
>   Она́ должна́ отдыха́ть. 她應該休息。
>   Оно́ должно́ рабо́тать. 它應該運作。
>   Они́ должны́ изуча́ть фи́зику. 他們應該學習物理學。

> Она́ сейча́с должна́ повторя́ть уро́к в библиоте́ке, потому́ что на у́лице хо́лодно, и за́втра контро́льная рабо́та.
> 她現在應該在圖書館複習功課，因為街上很冷，且明天有隨堂測驗。
> - 連接詞потому́ что（因為）後接原因，書面語體中不能放在句首，只能放在句中，其前有一逗號。口頭表達中可放在句首。用疑問副詞почему́（為什麼）提問。

情境用語 MP3-61

允許與拒絕

➢ Мо́жно? 可以嗎？
- 後面可加動詞原形。
- 回答時可說 Да, пожа́луйста.（可以，請。），或是 Да, коне́чно.（當然可以。），也可直接說 пожа́луйста.（請。）

➢ Нельзя́. 不行。
- 後面可加動詞原形。
- 委婉拒絕時可說 К сожале́нию, нельзя́.（很遺憾，不行。）

請聽對話,並跟著一起念。 🎧 MP3-61

- Здра́вствуйте! Покажи́те, пожа́луйста, бе́лое пальто́.

- Пожа́луйста.

- Мо́жно и си́нее?

- Коне́чно! Пожа́луйста.

- Спаси́бо.

> 您好,請給我看白色大衣。
> 請看。
> 可以也看藍色的嗎?
> 當然!請看。
> 謝謝。

- Ма́ма, мо́жно посмотре́ть телеви́зор?

- Нет, нельзя́. Уже́ по́здно.

> 媽媽,可以看一下電視嗎?
> 不,不行。已經很晚了。

實用詞彙

街道景點 MP3-62

аптéка	藥房	пóчта	郵局
гостíница	旅館	столóвая	食堂
завóд	（重工業）工廠	университéт	大學
институ́т	學院、研究所	фáбрика	（輕工業）工廠
общежи́тие	宿舍	фи́рма	公司
поликли́ника	綜合醫院	шкóла	（中、小學）學校

世界各地 MP3-63

名稱		……人		
		陽性	陰性	複數
Амéрика	美國	америкáнец	америкáнка	америкáнцы
Англия	英國	англичáнин	англичáнка	англичáне
Гермáния	德國	нéмец	нéмка	нéмцы
Испáния	西班牙	испáнец	испáнка	испáнцы
Китáй	中國	китáец	китая́нка	китáйцы
Корéя	韓國	корéец	корея́нка	корéйцы
Росси́я	俄羅斯	ру́сский	ру́сская	ру́сские
Тайвáнь	臺灣	тайвáнец	тайвáнька	тайвáньцы
Фрáнция	法國	францу́з	францу́женка	францу́зы
Япóния	日本	япóнец	япóнка	япóнцы

星期 🎧 MP3-64

понеде́льник	星期一	в понеде́льник	在星期一時
вто́рник	星期二	во вто́рник	在星期二時
среда́	星期三	в сре́ду	在星期三時
четве́рг	星期四	в четве́рг	在星期四時
пя́тница	星期五	в пя́тницу	在星期五時
суббо́та	星期六	в суббо́ту	在星期六時
воскресе́нье	星期日	в воскресе́нье	在星期日時

語法解析

1 前置詞 в、на 與名詞第六格連用

- Ру́чка в столе́. 筆在桌子裡。
- Кни́га на столе́. 書在桌子上。
- Сестра́ рабо́тает в фи́рме. 姊姊在公司上班。
- Бра́тья игра́ют в футбо́л на стадио́не. 兄弟們在體育場踢足球。

表達人或物品位於某處時，可用前置詞 в 或 на 加名詞第六格。前置詞 в 加名詞第六格，表達在某物體裡面，例如 в столе́（在桌子裡）、в кни́ге（在書本裡）；前置詞 на 加名詞第六格，表達在某物體上面，例如 на столе́（在桌子上）、на кни́ге（在書本上）。

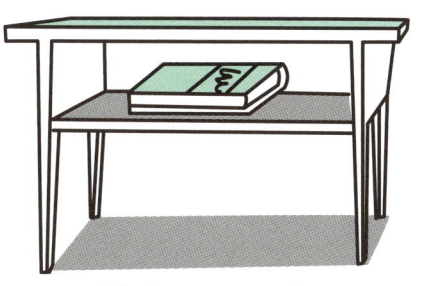

Кни́га в столе́.
書本在桌子裡。

Ру́чка в кни́ге.
筆在書本裡。

Кни́га на столе́.
書本在桌子上。

Ру́чка на кни́ге.
筆在書本上。

此外，前置詞в加名詞第六格，表達在某空間範圍內，例如в магази́не（在商店裡）、в университе́те（在大學裡）。如果範圍較大，或在歷史發展過程中，曾是露天、無覆蓋物的空間，或是活動事件名稱，則用на加第六格，例如на стадио́не（在體育場）、на вокза́ле（在車站）。

в мо́ре 在海裡

на стадио́не 在體育場

на мо́ре 在海邊

на рабо́те 在上班

請看下表名詞陽、中、陰性第六格詞尾變化。

⊙ 表格速記：名詞單數第六格

格	一 что（什麼）		六 где（在哪裡）	
性	詞尾	例詞	詞尾	例詞
陽 он	-子音	магази́н 商店	-е	в магази́не 在商店
	-й	музе́й 博物館	-е	в музе́е 在博物館裡
	-ь	слова́рь 辭典	-е	в словаре́ 在辭典裡
中 оно́	-о	письмо́ 信	-е	в письме́ 在信裡
	-е	мо́ре 海	-е	на мо́ре 在海邊
	-ие	зда́ние 建築物	-ии	в зда́нии 在建築物裡
陰 она́	-а	ко́мната 房間	-е	в ко́мнате 在房間裡
	-я	ку́хня 廚房	-е	в ку́хне 在廚房裡
	-ия	аудито́рия 教室	-ии	в аудито́рии 在教室裡
	-ь	тетра́дь 本子	-и	в тетра́ди 在本子裡

可接где的動詞：
гуля́ть 散步
жить 活、住
обе́дать 吃午餐
отдыха́ть 休息
рабо́тать 工作
учи́ться 就讀、唸書

> **小叮嚀**
> ・軟音符號-ь結尾的陽性名詞第六格為-е，陰性名詞第六格為-и。
> ・中性-е結尾的名詞第六格為-е，-ие結尾的名詞第六格為-ии。
> ・陰性-я結尾的名詞第六格為-е，-ия結尾的名詞第六格為-ии。

> **小叮嚀**
>
> - 請注意：
>
>   Фра́нция（法國）– **во** Фра́нции（在法國）
>   Влади́мир（弗拉基米爾）– **во** Влади́мире（在弗拉基米爾）
>   Владивосто́к（海參崴）– **во** Владивосто́ке（在海參崴）
>   столо́вая（食堂）– в столо́в**ой**（在食堂）
>   дом（家）– до́ма（在家裡）
>
> - учи́ться（就讀、唸書）現在時變位規則：я учу́сь、ты у́чишься、он у́чится、мы у́чимся、вы у́читесь、они́ у́чатся。-ся前面如果是母音，會變成-сь。-ться與-тся皆念[ца]。

請讀下面句子：

> Это магази́н. Ви́ктор рабо́тает в магази́не. 這是商店。維克多在商店工作。

> Это шко́ла. Са́ша у́чится в шко́ле. 這是小學。薩沙就讀小學。

> Это мо́ре. Мы отдыха́ем на мо́ре. 這是海。我們在海邊休假。

提問時，可用疑問副詞где（在哪裡）。

– Где у́чится Анто́н? 安東在哪裡就讀？

– Он у́чится в университе́те. 他在大學就讀。

– Где рабо́тает твоя́ сестра́? 你的姊姊在哪裡工作？

– Она́ рабо́тает в апте́ке. 她在藥房工作。

小試身手 ❶：請用括號內的詞回答。

1. Я обéдаю в ＿＿＿＿＿＿(ресторáн).

2. Дéти гуля́ют на ＿＿＿＿＿＿(плóщадь).

3. Ни́на сейчáс на ＿＿＿＿＿＿(у́лица).

4. Рýчка в ＿＿＿＿＿＿(тетрáдь), а карандáш на ＿＿＿＿＿＿(словáрь).

5. Студéнты слýшают лéкцию в ＿＿＿＿＿＿(аудитóрия).

小叮嚀

有些陽性名詞表達「在（哪裡）」時，要加上有重音的-ý。

第一格 что?	第六格 где?	第一格 что?	第六格 где?
аэропóрт 機場	в аэропортý 在機場	бéрег 岸邊	на берегý 在岸邊
лес 森林	в лесý 在森林	мост 橋	на мостý 在橋上
сад 花園	в садý 在花園	пол 地板	на полý 在地板上
шкаф 櫃子	в шкафý 在櫃子裡		

有些名詞表達「在（哪裡）」時，需用前置詞 на。

第一格 что?	第六格 где?	第一格 что?	第六格 где?
вокзáл 車站	на вокзáле 在車站	ры́нок 市場	на ры́нке 在市場
дáча 鄉間小屋	на дáче 在鄉間小屋	стадиóн 體育場	на стадиóне 在體育場
завóд 工廠	на завóде 在工廠	у́лица 街道	на у́лице 在街上
плóщадь 廣場	на плóщади 在廣場上	фáбрика 工廠	на фáбрике 在工廠
пóчта 郵局	на пóчте 在郵局	факультéт 系所	на факультéте 在系上
рóдина 家鄉	на рóдине 在家鄉		

> **小叮嚀**
>
> 表達從事何種活動時，可用前置詞на加名詞第六格。
>
> | 第一格 что? | 第六格 где? | 第一格 что? | 第六格 где? |
> |---|---|---|---|
> | вы́ставка
展覽會 | на вы́ставк**е**
在展覽會 | собра́ние
集會、會議 | на собра́**нии**
在開會 |
> | заня́тие
課 | на заня́т**ии**
在上課 | уро́к
課 | на уро́к**е**
在上課 |
> | конце́рт
音樂會 | на конце́рт**е**
在音樂會 | экза́мен
考試 | на экза́мен**е**
在考試 |
> | ле́кция
講座課 | на ле́кц**ии**
在講座課 | экску́рсия
遊覽 | на экску́рс**ии**
在遊覽 |
> | рабо́та
工作 | на рабо́т**е**
在上班 | | |

> **小叮嚀**
>
> ・уро́к指中小學裡的課程，一節課40-45分鐘。уро́к也可指功課。
> заня́тие指大專院校以上的課程，複數泛指上課。
> ле́кция指大學裡由教師主講的課程，通常是眾多學生一起修習的基礎、概論課，一節（па́ра）90分鐘。有些ле́кция會搭配семина́р（討論課）。семина́р課程進行方式是由學生發言與討論為主。

小試身手 ❷：請按照範例回答問題。

例：Где ýчится Юля? (шкóла)

　　Онá ýчится в шкóле.

1. Где гуля́ет ба́бушка? (парк)

2. Где студе́нтка чита́ет кни́гу? (библиоте́ка)

3. Где отдыха́ют друзья́? (мо́ре)

4. Где у́чатся Ири́на и На́стя? (Фра́нция)

5. Где живу́т студе́нты? (общежи́тие)

6. Где у́жинает Ива́н? (дом)

❷ 動詞過去時

> Вчера́ он у́жинал в рестора́не. 昨天他在餐廳吃了晚餐。

> Они́ чита́ли э́тот рома́н. 他們讀了這部小說。

動詞過去時表達說話之前做過或重複進行的動作，詞尾隨人稱不同，有性與數的變化。規則是先將動詞原形詞尾-ть去掉，再加上與人稱性和數相符的詞尾。

◉ 表格速記：動詞過去時

人稱	де́лать 做	говори́ть 說	詞尾
он	де́лал	говори́л	**-л**
она́	де́лала	говори́ла	**-ла**
они́	де́лали	говори́ли	**-ли**

小試身手❸：請寫出動詞各人稱的過去時形式。

人稱	игра́ть 玩、演奏	ду́мать 想、考慮	чита́ть 讀、看	смотре́ть 觀看、欣賞
он				
она́				
они́				

請讀下面句子與對話：

➤ Антóн гуля́л в па́рке. 安東在公園散了步。

➤ Ве́чером Ма́ша де́лала дома́шнее зада́ние. 晚上瑪莎做了作業。

➤ Ра́ньше я люби́л смотре́ть футбо́л. Тепе́рь я люблю́ смотре́ть хокке́й.
以前我喜愛看足球賽。現在我喜愛看曲棍球賽。

— Что вы де́лали вчера́? 昨天你們做了什麼？

— Вчера́ мы смотре́ли фильм. 昨天我們看了電影。

有些動詞過去時變化，重音位置會改變。

人稱	жить 活、住	詞尾
он	жил	-л
она́	жила́	-ла́
они́	жи́ли	-ли

請注意帶-ся動詞過去時的變化，如果-ся之前為母音，需變成-сь。

人稱	учи́ться 就讀、唸書	詞尾
он	учи́лся	-лся
она́	учи́лась	-лась
они́	учи́лись	-лись

➤ Ра́ньше Ми́ша жил в общежи́тии. А тепе́рь он живёт до́ма.
之前米沙住過宿舍。現在他住在家裡。

➤ Ра́ньше Та́ня учи́лась в Росси́и. А тепе́рь она́ у́чится в Англии.
之前塔妮婭在俄羅斯唸過書。而現今在英國唸書。

小試身手 ④：請將句子改成過去時。

1. Мы гуля́ем.　　　　　＿＿＿＿＿＿＿＿＿＿＿＿＿＿＿＿

2. Она́ игра́ет.　　　　　＿＿＿＿＿＿＿＿＿＿＿＿＿＿＿＿

3. Никола́й рабо́тает.　　＿＿＿＿＿＿＿＿＿＿＿＿＿＿＿＿

4. Ива́н и Анто́н чита́ют.　＿＿＿＿＿＿＿＿＿＿＿＿＿＿＿＿

5. Друзья́ смо́трят.　　　＿＿＿＿＿＿＿＿＿＿＿＿＿＿＿＿

6. Де́вушка пи́шет.　　　＿＿＿＿＿＿＿＿＿＿＿＿＿＿＿＿

小試身手 ⑤：請按照範例回答問題。

例：Что де́лал Ива́н вчера́? (рабо́тать, библиоте́ка)

　　Вчера́ он рабо́тал в библиоте́ке.

1. Что де́лали де́ти у́тром? (гуля́ть, парк)

　　＿＿＿＿＿＿＿＿＿＿＿＿＿＿＿＿＿＿＿＿＿＿＿＿＿＿

2. Где она́ жила́ ра́ньше? (Англия)

　　＿＿＿＿＿＿＿＿＿＿＿＿＿＿＿＿＿＿＿＿＿＿＿＿＿＿

3. Что они́ де́лали в суббо́ту? (игра́ть в баскетбо́л, стадио́н)

　　＿＿＿＿＿＿＿＿＿＿＿＿＿＿＿＿＿＿＿＿＿＿＿＿＿＿

4. Что де́лал Бори́с днём? (обе́дать, столо́вая)

　　＿＿＿＿＿＿＿＿＿＿＿＿＿＿＿＿＿＿＿＿＿＿＿＿＿＿

③ быть過去時

> В пя́тницу она́ была́ в университе́те. 星期五她去過學校。

> В университе́те был конце́рт. 學校舉辦了音樂會。

表達曾經到過哪裡、哪裡曾有什麼時，需用быть過去時。請看下表быть過去時的變化，並注意加上否定詞не的重音位置。

◉ 表格速記：быть過去時

人稱	быть	не быть	詞尾
он	был	не́ был	**-л**
она́	была́	не была́	**-ла**
оно́	бы́ло	не́ было	**-ло**
они́	бы́ли	не́ были	**-ли**

請讀下面對話：

– Андре́й был на спекта́кле? 安德烈看過戲了嗎？

– Нет, он не́ был на спекта́кле. Он был на конце́рте.
不，他沒去看戲劇，他去聽了音樂會。

– Где бы́ли друзья́ в воскресе́нье? 星期日朋友們去過哪裡？

– В воскресе́нье они́ бы́ли в па́рке. 星期日他們去過公園。

用疑問代詞кто（誰）提問時，быть過去時需用單數第三人稱陽性形式（был）。

Кто **был** в музе́е? 誰去過博物館？	Анто́н был в музе́е. 安東去過博物館。 Ви́ка была́ в музе́е. 薇卡去過博物館。 Анто́н и Ви́ка бы́ли в музе́е. 安東和薇卡去過博物館。 Никто́ не́ был в музе́е. 沒人去過博物館。

用疑問代詞что（什麼）提問時，быть過去時需用單數第三人稱中性形式（бы́ло）。

Что **бы́ло** в институ́те в сре́ду? 星期三學校裡舉辦過什麼？	В сре́ду там	был ве́чер. 星期三那裡舉辦過晚會。 была́ ле́кция. 星期三那裡舉辦過講座課。 бы́ло собра́ние. 星期三那裡舉辦過會議。 бы́ли мероприя́тия. 星期三那裡舉辦過各種活動。

小試身手 ⑥：請填入 **быть** 過去時正確形式。

1. Анна _____ на вокза́ле.

2. Кто _____ в аудито́рии?

3. Па́па _____ в ко́мнате, а ма́ма _____ в ку́хне.

4. Что _____ в теа́тре?

5. Утром Ни́на не _____ до́ма. Она́ _____ на рабо́те.

小試身手 ⑦：請將單詞組成句子。

1. университе́т, быть, понеде́льник, собра́ние.
   _____

2. ле́кция, быть, на, вчера́, кто?
   _____

3. быть, ве́чер, общежи́тие, ве́чером.
   _____

4. музе́й, быть, вы́ставка, воскресе́нье.
   _____

5. экску́рсия, быть, шко́ла, суббо́та.
   _____

短文

短文 🎧 MP3-65 請聽音檔，並跟著一起念。

Вчера́ бы́ло воскресе́нье. Что де́лали друзья́? Где они́ бы́ли?

Днём Эмма и Анна гуля́ли в па́рке. Ве́чером они́ смотре́ли бале́т в теа́тре. Вчера́ там был ру́сский бале́т «Лебеди́ное о́зеро». Это их люби́мый бале́т. Пото́м они́ у́жинали в рестора́не.

Ян Мин был в музе́е. Он не то́лько смотре́л вы́ставку, но и слу́шал ле́кцию.

Ива́н нигде́ не́ был. Он был до́ма, потому́ что он до́лжен де́лать дома́шнее зада́ние.

А Лу́кас? Вы зна́ете, где был Лу́кас? Коне́чно, он был на стадио́не. Там он игра́л в футбо́л.

單詞

не то́лько..., но и... 連 不僅……，而且……（но前有一逗號）

нигде́ (не) 副 任何地方都不（沒有）

пото́м 副 之後

昨天是星期日。朋友們做了什麼？他們去過哪裡？

白天時艾瑪和安娜在公園散步。晚上她們在劇院看芭蕾舞表演。昨天那邊表演的是俄羅斯芭蕾舞劇《天鵝湖》。這是她們喜愛的芭蕾舞。之後她們在餐廳吃晚餐。

楊明去過博物館。他不僅看了展覽，也聽了講座。

伊凡什麼地方也沒去。他待在家裡，因為他應該做作業。

那盧卡斯呢？你們知道盧卡斯去哪裡了嗎？當然，他去體育場。他在那裡踢足球。

請再閱讀短文一次，並回答問題。

1. Кто был в театре вчера вечером?
   _____

2. Почему Эмма и Анна смотрели русский балет «Лебединое озеро»?
   _____

3. Где был Ян Мин?
   _____

4. Почему Иван был дома?
   _____

5. Где был и что делал Лукас вчера?
   _____

俄知識

Переры́в! 休息一下！

俄羅斯有多大？

俄羅斯（Росси́я）橫跨歐亞大陸，是世界上占地最廣的國家，領土約1,710萬平方公里，幾乎有470多個臺灣那麼大。從首都莫斯科（Москва́）搭乘西伯利亞大鐵路來到遠東大城海參崴（Владивосто́к），最快需要6天，搭飛機需要將近8小時。據2024年統計，俄羅斯人口約1億4,600萬人。

莫斯科市面積將近2,500平方公里，幾乎有9個臺北市那麼大。首都人口約1,300萬人。北方之都、俄羅斯第二大城聖彼得堡（Санкт-Петербу́рг）面積約1,400平方公里，人口有550多萬人。

Кра́сная пло́щадь
紅場（莫斯科）

Дворцо́вая пло́щадь
宮殿廣場（聖彼得堡）

07 | Седьмо́й уро́к

Куда́ ты идёшь?

你要去哪裡？

學習目標

1. 學會道歉用語
2. 學會表達某人現在去哪裡
3. 學會表達某人來回重複進行的動作
4. 學會表達某人去過哪裡
5. 學會運用動物名詞與人稱代詞當直接受詞

Ти́ше е́дешь, да́льше бу́дешь.
慢工出細活。

會話

MP3-66　請聽音檔，並跟著一起念。

Анна:	Приве́т, Э́мма!	嗨，艾瑪！
Э́мма:	Приве́т! Куда́ ты идёшь?	嗨！妳要去哪裡？
Анна:	Я иду́ на рабо́ту, а ты?	我要去上班，那妳呢？
Э́мма:	Я е́ду в магази́н. Ты всегда́ хо́дишь на рабо́ту пешко́м?	我要去商店。妳總是走路去上班嗎？
Анна:	Нет. Я иногда́ хожу́ пешко́м, иногда́ е́зжу на авто́бусе.	不。我有時候走路上班，有時候搭公車。
Э́мма:	Анна, куда́ ты ходи́ла вчера́ ве́чером? Почему́ ты не была́ на ве́чере?	安娜，昨天晚上妳去了哪裡？為什麼妳沒去晚會？
Анна:	Извини́те! Вчера́ я была́ занята́. Что вы де́лали на ве́чере?	抱歉！昨天我很忙。你們在晚會做了什麼？
Э́мма:	Мы танцева́ли и пе́ли пе́сни. Зна́ешь, я там ви́дела Анто́на и Та́ню.	我們跳了舞和唱了歌。妳知道嗎，我在那裡看見了安東和塔妮婭。
Анна:	Да?! Что они́ де́лали там?	是喔？！他們在那裡做了什麼？
Э́мма:	Анто́н игра́л на гита́ре, а Та́ня игра́ла на скри́пке.	安東彈了吉他，而塔妮婭拉了小提琴。

單詞&俄語這樣說

單詞 🎧 MP3-67

автóбус	陽	公車、遊覽車	на автóбусе	搭公車
в	前	（＋第四格）去、（＋第六格）在		
вéчер	陽	晚上	вéчером	在晚上時
		晚會	на вéчере	在晚會上
вúдеть	未	看		
всегдá	副	總是		
вчерá	副	昨天		
гитáра	陰	吉他	игрáть на гитáре	彈吉他
дéлать	未	做		
éздить (éзжу, éздишь)	未	（不定向）（乘交通工具）去		
éхать (éду, éдешь)	未	（定向）（乘交通工具）去		
игрáть	未	玩、演奏		
идтú (идý, идёшь)	未	（定向）（走）去		
иногдá	副	有時		
кудá	副	去哪裡		
магазúн	陽	商店		
на	前	（＋第四格）去、（＋第六格）在		
пéсня	陰	歌曲		
петь	未	唱		
пешкóм	副	走路		
почемý	副	為什麼		
рабóта	陰	工作		
скрúпка	陰	小提琴	игрáть на скрúпке	拉小提琴
танцевáть	未	跳舞		
ходúть (хожý, хóдишь)	未	（不定向）（走）去		

俄語這樣說

➢ Вчера́ я была́ занята́. 昨天我很忙。

- за́нят（忙）依照主語的性、數，詞尾有不同變化。表達過去時間，需加上**быть**的過去時。

  Сейча́с он за́нят. Вчера́ он был за́нят. 現在他在忙。昨天他忙。

  Сейча́с она́ занята́. Вчера́ она́ была́ занята́. 現在她在忙。昨天她忙。

  Сейча́с они́ за́няты. Вчера́ они́ бы́ли за́няты. 現在他們在忙。昨天他們忙。

💡 情境用語 🎧 MP3-68

表達歉意

➤ Извини́те. 對不起。/ 不好意思。
- 表達歉意。
- 可回答 Ничего́.（沒關係。）

➤ Прости́те. 抱歉。/ 請原諒。
- 表達比 Извини́те 更強烈的歉意，請求原諒。
- 可回答 Ничего́.（沒關係。）

請聽對話，並跟著一起念。 🎧 MP3-68

　　(В теа́тре)

— Скажи́те, пожа́луйста, э́то ва́ше ме́сто?

— Ой! Нет! Извини́те, пожа́луйста.

— Ничего́.

（在劇院）
請問，這是您的位子嗎？
噢！不是！對不起。
沒關係。

— Анто́н, скажи́, почему́ ты не ходи́л в цирк вчера́?

— Прости́, я забы́л. Вчера́ я был до́ма.

安東，請問，為什麼你昨天沒去看馬戲團表演？
抱歉，我忘記了。昨天我在家。

實用詞彙

文藝休閒 MP3-69

бассе́йн	游泳池	музе́й	博物館
библиоте́ка	圖書館	па́мятник	紀念碑
зоопа́рк	動物園	стадио́н	體育場
клуб	俱樂部	теа́тр	劇院
конце́рт	音樂會	цирк	馬戲團

交通運輸 MP3-70

биле́т	票	ка́сса	售票亭
ваго́н	車廂	ме́сто	位子

авто́бус	公車、遊覽車	на авто́бусе	搭公車
маши́на	車	на маши́не	搭車
метро́	地鐵	на метро́	搭地鐵
по́езд	火車	на по́езде	搭火車
самолёт	飛機	на самолёте	搭飛機
такси́	計程車	на такси́	搭計程車
трамва́й	有軌電車	на трамва́е	搭有軌電車
тролле́йбус	無軌電車	на тролле́йбусе	搭無軌電車
электри́чка	電聯車	на электри́чке	搭電聯車

樂器名稱 MP3-71

гита́ра	吉他	игра́ть на гита́ре	彈吉他
пиани́но	鋼琴	игра́ть на пиани́но	彈鋼琴
скри́пка	小提琴	игра́ть на скри́пке	拉小提琴

語法解析

運動動詞

運動動詞主要表達「（步行或搭乘交通工具）去（某地）」。

依照移動方向，可分為單一、固定方向的定向運動動詞（идти́、е́хать），以及來回、重複移動的不定向運動動詞（ходи́ть、е́здить）。

依照移動方式，可分為近距離、走路到達的移動（идти́、ходи́ть），以及遠距離、搭乘交通工具到達的移動（е́хать、е́здить）。

運動動詞也會因動詞「時」的不同，呈現出不同意義。

● 現在時

定向運動動詞 → 單一固定方向的移動		不定向運動動詞 ⇆ 來回、重複的移動	
近距離	遠距離	近距離	遠距離
идти́	е́хать	ходи́ть	е́здить
Брат **идёт** на рабо́ту. 哥哥去上班。	Анто́н и Анна **е́дут** в Москву́. 安東和安娜去莫斯科。	Брат ка́ждый день **хо́дит** на рабо́ту. 哥哥每天去上班。	Анто́н и Анна ча́сто **е́здят** в Москву́. 安東和安娜常常去莫斯科。

過去時

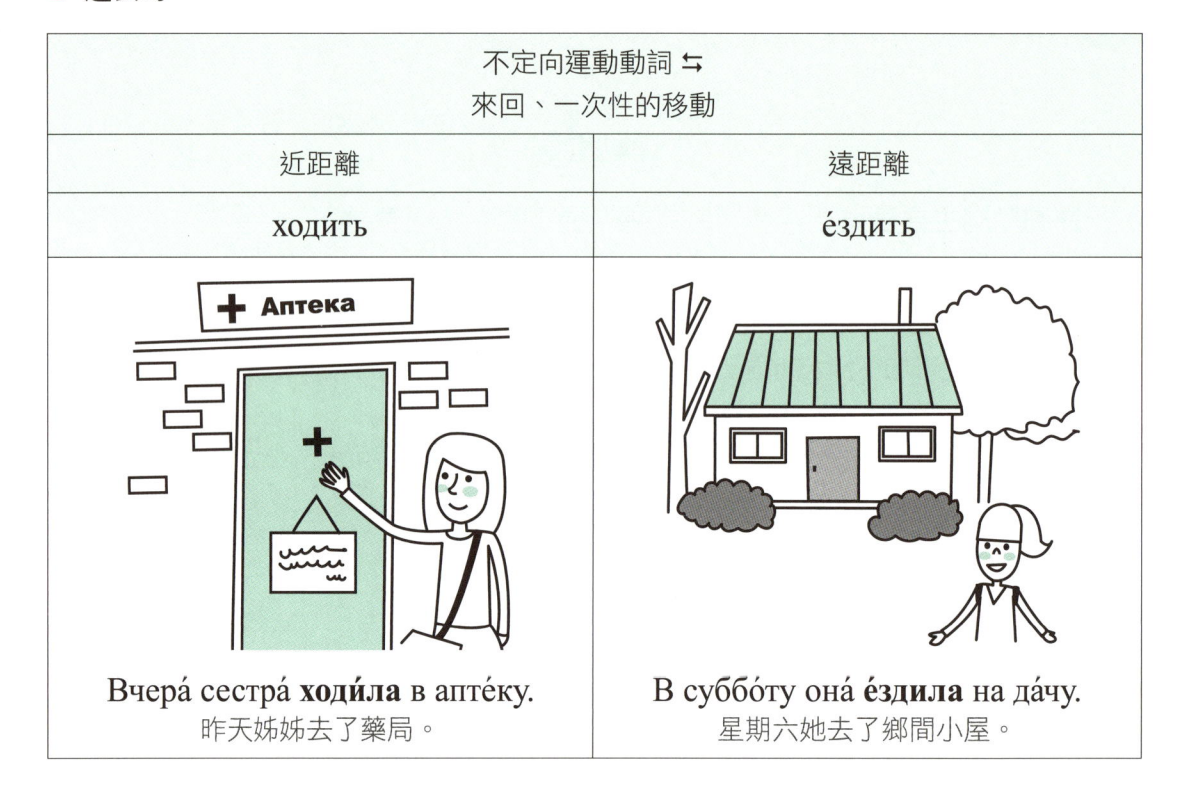

不定向運動動詞 ⇆ 來回、一次性的移動	
近距離	遠距離
ходи́ть	е́здить
Вчера́ сестра́ **ходи́ла** в апте́ку. 昨天姊姊去了藥局。	В суббо́ту она́ **е́здила** на да́чу. 星期六她去了鄉間小屋。

❶ 運動動詞 идти – ходи́ть、éхать – éздить 現在時

➢ Анна идёт в университéт. 安娜去學校。

➢ Друзья́ éдут на мóре. 朋友們去海邊。

➢ Анна кáждый день хóдит в университéт пешкóм. 安娜每天走路去學校。

➢ Друзья́ кáждое лéто éздят на мóре на пóезде.
朋友們每個夏天搭火車去海邊。

定向運動動詞

表達現在去（哪裡）時，用定向運動動詞 идти́ 或 éхать 現在時，後面接 кудá（去哪裡），可用 в 或 на 加第四格表達。

⊙ **表格速記：定向運動動詞 идти́ 現在時**

人稱	идти	кудá? 去哪裡？	как? 怎麼去？
я	иду́	в магази́н 去商店	
ты	идёшь	в институ́т на собрáние 去學校開會	
он / онá	идёт	на пóчту 去郵局	пешкóм 走路去
мы	идём	в кафé 去咖啡館	
вы	идёте	на концéрт 去音樂會	
они́	иду́т	тудá 去那裡	
		домóй 回家	

● **表格速記：定向運動動詞éхать現在時**

人稱	éхать	кудá? 去哪裡？	на чём? 搭乘什麼交通工具？
я	éду	в Петербу́рг 去彼得堡 в Москву́ 去莫斯科 в Росси́ю 去俄羅斯 в То́кио 去東京 на мо́ре 去海邊	на авто́бусе 搭公車 на маши́не 搭車 на метро́ 搭地鐵 на по́езде 搭火車 （交通運輸相關詞彙請見第153頁）
ты	éдешь		
он / она́	éдет		
мы	éдем		
вы	éдете		
они́	éдут		

請讀下面對話：

— Куда́ вы идёте сейча́с? 你們現在去哪裡？

— Мы идём в бассе́йн. 我們去游泳池。

— Куда́ éдет Ди́ма? 季馬去哪裡？

— Он éдет в дере́вню. 他去鄉村。

— На чём он éдет? 他搭什麼交通工具去？

— Он éдет на электри́чке. 他搭電車去。

小試身手 ❶：請用括號內的詞完成句子。

1. Сестра́ _____(идти́, шко́ла).

2. Вы _____(е́хать, Фра́нция)?

3. А́нна _____(е́хать, дере́вня, маши́на).

4. Ты _____(идти́, теа́тр, бале́т)?

5. Я _____(е́хать, магази́н, велосипе́д).

不定向運動動詞

表達現今時常、重複去（哪裡）時，用不定向運動動詞ходи́ть或е́здить現在時，後面接куда́（去哪裡），可用в或на加第四格表達。

● **表格速記：不定向運動動詞ходи́ть、е́здить現在時**

人稱	ходи́ть	куда́? 去哪裡？	как ча́сто? 多常？
я	хожу́	в магази́н 去商店 в теа́тр на спекта́кль 去劇院看戲 на рабо́ту 去上班 в столо́вую 去食堂	ча́сто 時常 иногда́ 有時候 ка́ждый день 每天 ка́ждую неде́лю 每週 ка́ждое ле́то 每個夏天
ты	хо́дишь		
он / она́	хо́дит		
мы	хо́дим		
вы	хо́дите		
они́	хо́дят		
人稱	е́здить	куда́? 去哪裡？	
я	е́зжу	в Тайбэ́й 去台北 в дере́вню 去鄉村 в Со́чи 去索契	
ты	е́здишь		
он / она́	е́здит		
мы	е́здим		
вы	е́здите		
они́	е́здят		

請讀下面句子與對話：

➢ Ира ча́сто хо́дит на конце́рт. 伊拉常常去音樂會。

➢ Де́душка всегда́ е́здит в дере́вню на электри́чке. 爺爺總是搭電車去鄉村。

– Как ча́сто ты хо́дишь в кино́? 你多常去看電影？

– Я хожу́ в кино́ ка́ждый ме́сяц. 我每個月去看電影。

小試身手 ❷：請按照句意填入 **идти – ходить** 或 **ехать – ездить** 正確形式。

1. – Куда́ ты _____?

   – Я _____ в институ́т.

   – Ты всегда́ _____ пешко́м?

   – Нет, я иногда́ _____ пешко́м, иногда́ _____ на метро́.

2. Ба́бушка лю́бит _____ на ры́нок. Она́ _____ туда́ ка́ждое у́тро.

   Сейча́с она́ и де́душка вме́сте _____ туда́ на авто́бусе.

小試身手 ❸：請按照範例回答問題。

例：Куда́ иду́т друзья́? (парк)

　　Они́ иду́т в парк.

1. Куда́ идёт Ви́ктор? (стадио́н)
   _____

2. Куда́ иду́т бра́тья? (заво́д)
   _____

3. Куда́ е́здит семья́ ка́ждое ле́то? (Петерго́ф 彼得霍夫宮)
   _____

4. Куда́ он хо́дит ка́ждый ве́чер? (библиоте́ка)
   _____

5. Куда́ идёт преподава́тель? (ле́кция)
   _____

6. Куда́ вы е́дете сейча́с? (да́ча)
   _____

❷ 不定向運動動詞 ходи́ть、е́здить 過去時

> Вчера́ Ива́н ходи́л на стадио́н. 昨天伊凡去了體育場。

> Ле́том студе́нты е́здили на Байка́л. 夏天學生們去了貝加爾湖。

表達說話時間之前曾經去過哪裡、「去一回」之一次性移動，用不定向運動動詞 ходи́ть 或 е́здить 過去時。

◉ 表格速記：不定向運動動詞 ходи́ть 過去時

人稱	ходи́ть	куда́? 去哪裡？	когда́? 何時？
он	ходи́л	в шко́лу 去學校 на вы́ставку 去展覽會 на обе́д 去吃午餐	вчера́ 昨天 в воскресе́нье 在星期日時 днём 在中午時
она́	ходи́ла		
они́	ходи́ли		

◉ 表格速記：不定向運動動詞 е́здить 過去時

人稱	е́здить	куда́? 去哪裡？	когда́? 何時？
он	е́здил	в Тайбэ́й 去臺北 на мо́ре 去海邊 в Áнглию 去英國	в суббо́ту 在星期六時 ле́том 夏天時 в ию́ле 7月時 （季節月份相關詞彙請見第206頁）
она́	е́здила		
они́	е́здили		

請讀下面對話：

— Куда́ ты ходи́л вчера́? 昨天你去了哪裡？

— Вчера́ я ходи́л в зоопа́рк. 昨天我去了動物園。

— Куда́ е́здили студе́нты ле́том? 夏天時學生們去了哪裡？

— Ле́том они́ е́здили в Су́здаль. 夏天時他們去了蘇茲達里。

小試身手 ❹：請用括號內的詞完成句子。

1. Вчера́ преподава́тель и студе́нты _____ (е́здить, экску́рсия в музе́й).

2. Позавчера́（前天）де́ти _____ (ходи́ть, цирк).

3. В суббо́ту ма́ма _____ (ходи́ть, поликли́ника).

4. Ле́том Ива́н _____ (е́здить, Коре́я).

5. Почему́ Юрий _____ (не ходи́ть, уро́к) вчера́?

句型「ходи́ть, е́здить куда́?」可與「быть где?」互換。

ходи́ть, е́здить	куда́?（в或на＋第四格）		быть	где?（в或на＋第六格）	
Он ходи́л Она́ ходи́ла Они́ ходи́ли	в магази́н на ры́нок на бале́т домо́й туда́	=	Он был Она́ была́ Они́ бы́ли	в магази́не на ры́нке на бале́те до́ма там	去了商店 去了市場 去看了芭蕾舞 回家 / 在家 去了那裡 / 在那裡
Он е́здил Она́ е́здила Они́ е́здили	в дере́вню в Росси́ю на Тайва́нь			в дере́вне в Росси́и на Тайва́не	去了鄉村 去了俄羅斯 去了臺灣

小試身手 ❺：請用「ходи́ть, е́здить куда́?」與「быть где?」互換句子。

例：В понеде́льник мы ходи́ли в бассе́йн.

　　В понеде́льник мы бы́ли в бассе́йне.

1. Утром Са́ша был в лаборато́рии（實驗室）.

2. Вчера́ вы ходи́ли в музе́й?

3. Мы бы́ли в Петербу́рге.

小試身手 ❻：請用「ходи́ть, е́здить куда́?」與「быть где?」回答問題。

例：Куда́ ходи́л брат? (клуб)

　　Он ходи́л в клуб. Он был в клу́бе.

1. Куда́ е́здила Ира зимо́й? (Аме́рика)

2. Куда́ ходи́л Ива́н? (столо́вая)

3. Где бы́ли друзья́ ве́чером? (конце́рт)

❸ 動物名詞、人稱代詞第四格

> Вчера́ в музе́е я ви́дел Анто́на и Анну. 昨天我在博物館看見了安東和安娜。

> Это Пётр Петро́вич. Я зна́ю его́. 這是彼得・彼得羅維奇。我知道他。

表達看見、知道、問、愛（誰）時，表示「誰」的動物名詞做為動詞的直接受詞，需變成第四格。動物名詞陽性第四格與第二格變化規則相同。

◉ 表格速記：動物名詞單數第四格

格	一 кто?		四 кого?	
性	詞尾	例詞	詞尾	例詞
陽 on	-子音	Анто́н 安東 оте́ц 父親	-а	ви́деть 看見 ждать 等 знать 知道 спра́шивать 問 люби́ть 愛	Анто́на отца́
	-й	Серге́й 謝爾蓋	-я		Серге́я
	-ь	учи́тель 老師	-я		учи́теля
陰 она́	-а	Анна 安娜	-у		Анну
	-я	Та́ня 塔妮婭	-ю		Та́ню
	-ь	мать 母親	-ь		мать

小叮嚀

· 詞尾-а和-я陽性動物名詞第四格按照陰性規則變化。
· оте́ц（父親）變第四格時，е要去掉，變成отца́。

請讀下面對話：

— Кого́ ты ви́дел на у́лице? 你在路上看見了誰？

— Я ви́дел Ви́ктора и Ната́шу. 我看見了維克多和娜塔莎。

— Ты зна́ешь дя́дю Юру? 你知道尤拉叔叔嗎？

— Нет, я не зна́ю дя́дю Юру. Я зна́ю тётю Юлю.
不，我不知道尤拉叔叔。我知道尤莉婭阿姨。

小試身手❼：請用括號內的詞完成句子。

1. Са́ша лю́бит ＿＿＿＿＿＿＿＿＿＿＿＿(па́па и ма́ма).

2. Преподава́тель спра́шивает ＿＿＿＿＿＿＿＿＿(студе́нт).

3. Вы зна́ете ＿＿＿＿＿＿＿＿＿＿＿(Макси́м Юрьевич)?

4. Она́ ви́дела не ＿＿＿＿＿＿＿＿(Андре́й), а ＿＿＿＿＿＿＿＿(И́горь).

人稱代詞也有「格」的變化，它會隨著在句中的功能而改變形式。例如「Я журналист.」（我是記者。），я在句中為主格（第一格）。「Меня зовут Иван.」（我名字叫伊凡。），меня是受格（第四格），當動詞的直接受詞。請看下表人稱代詞第四格。

◉ **表格速記：人稱代詞第四格**

格	我	你、妳	他、它	她	我們	你們、您	他們
一 кто?	я	ты	он, оно	она	мы	вы	они
四 кого?	меня	тебя	его	её	нас	вас	их

請讀下面句子：

➤ Анна, я люблю тебя. 安娜，我愛妳。

➤ Это моя кошка. Я люблю её. 這是我的貓。我愛牠。

➤ Извините, я вас не видел. 抱歉，我沒看見你們。

小試身手 ❽：請用括號內的詞完成句子。

1. Здра́вствуйте! _____(Я) зову́т Игорь. Это мой друг. _____(Он) зову́т Са́ша.

2. Это Эмма. Вы зна́ете _____(она́)?

3. Бра́тья там. Я ви́дел _____(они́).

4. Подру́га ча́сто спра́шивает _____(я).

小試身手 ❾：請用括號內的詞回答問題。

1. Кого́ спра́шивает учи́тель? (Ми́ша)

   _____

2. Кого́ ви́дел студе́нт? (преподава́тель Ви́ктор Андре́евич)

   _____

3. Кого́ он зна́ет? (врач)

   _____

4. Кого́ лю́бит Ко́стя? (Мари́на)

   _____

短文

短文 🎧 MP3-72 請聽音檔，並跟著一起念。

Эмма лю́бит чита́ть в библиоте́ке. Она́ ка́ждый день хо́дит туда́. Сейча́с она́ идёт не в библиоте́ку, а в кни́жный магази́н, потому́ что она́ хо́чет купи́ть но́вые кни́ги.

Лу́кас лю́бит игра́ть в футбо́л на стадио́не. Он ча́сто е́здит туда́ на метро́. Вчера́ он е́здил не на стадио́н, а в бассе́йн, потому́ что пого́да была́ о́чень жа́ркая, и он хоте́л пла́вать. В бассе́йне он ви́дел Ви́ктора и Ната́шу.

Ян Мин всегда́ гото́вит у́жин в ку́хне в общежи́тии. Он ча́сто хо́дит на ры́нок и́ли в магази́н. Но в суббо́ту он не ходи́л туда́, потому́ что он и друзья́ у́жинали в рестора́не.

單詞

жа́ркий, -ая, -ое, -ие 形 熱的、炎熱的
и́ли 連 或者、還是

кни́жный магази́н 書店
пла́вать 未 游泳
пого́да 陰 天氣

　　艾瑪喜愛在圖書館閱讀。她每天去那裡。現在她不是去圖書館，而是去書店，因為她想買新書。

　　盧卡斯喜愛在體育場踢足球。他時常搭地鐵去那裡。昨天他不是去體育場，而是去游泳池，因為天氣很熱，且他想游泳。在游泳池他看見了維克多和娜塔莎。

　　楊明總是在宿舍的廚房準備晚餐。他時常去市場或去商店。但是星期六他沒去那裡，因為他和朋友們在餐廳吃了晚餐。

請再閱讀短文一次，並回答問題。

1. Куда́ хо́дит Эмма ка́ждый день?

　_____

2. Куда́ идёт Эмма сейча́с?

　_____

3. На чём Лу́кас е́здит на стадио́н?

　_____

4. Кого́ Лу́кас ви́дел в бассе́йне вчера́?

　_____

5. Куда́ Ян Мин и друзья́ ходи́ли в суббо́ту?

　_____

俄知識

Переры́в! 休息一下！

首都交通運輸

在莫斯科趴趴走，除了雙腳萬能外，首選代步交通工具就屬地鐵（метро́）了。莫斯科地鐵自1935年5月開始營運，地鐵系統本身有14條路線（2024年統計），並與6條地面交通運輸路線相連通。地鐵以次付費，入站刷票，每年視情況調整價格。營運時間為每日清晨5點半至凌晨1點。地鐵班次密集，尖峰時刻乘客較多，相對來說較擁擠，需注意自身財物與安全。

ста́нция метро́ 地鐵站

在莫斯科有10座火車站（железнодоро́жный вокза́л），站名以列車行駛方向的末端站命名（所以在莫斯科找不到「莫斯科火車站」哦）。例如從白俄羅斯火車站（Белору́сский вокза́л）出發的列車即是開往白俄羅斯和歐洲。想從莫斯科搭火車到聖彼得堡，就要到列寧格勒火車站（Ленингра́дский вокза́л）搭車。

在莫斯科有4座國際機場，位於西北方的是謝列梅捷沃國際機場（аэропо́рт Шереме́тьево，SVO），位於東南方有多莫傑多沃國際機場（аэропо́рт Домоде́дово，DME）與茹科夫斯基國際機場（аэропо́рт Жуко́вский，ZIA），而伏努科沃國際機場（аэропо́рт Вну́ково，VKO）位於西南方。搭乘機場快捷（Аэроэкспре́сс）往返機場與市區環狀線地鐵站，可節省相當多的經費與時間。

Аэроэкспре́сс
機場快捷

Яросла́вский вокза́л
雅羅斯拉夫火車站（莫斯科）

08 | Восьмой урок

Что ты будешь делать завтра?
你明天將要做什麼？

學習目標
1. 學會邀請對方用語
2. 學會表達將要做的動作
3. 學會表達已完成並得到結果的動作
4. 學會表達將完成並得到結果的動作
5. 學會表達現在幾點幾分與動作持續多久

Пе́рвый блин всегда́ ко́мом.
萬事起頭難。

會話 🎧 MP3-73 請聽音檔，並跟著一起念。

Лу́кас: Что ты бу́дешь де́лать за́втра?
你明天將要做什麼？

Ива́н: Я ничего́ не бу́ду де́лать. Я бу́ду отдыха́ть до́ма. А ты?
我什麼也不做。我將在家休息。那你呢？

Лу́кас: Я и Ян Мин бу́дем в музе́е на вы́ставке.
我和楊明將去博物館看展覽。

Ива́н: Когда́ вы бу́дете в музе́е?
你們什麼時候將在博物館？

Лу́кас: Мы бу́дем там в 2 часа́.
我們2點時將在那裡。

Ива́н: До́брое у́тро.
早安。

Са́ша: Скажи́, ско́лько сейча́с вре́мени?
請問現在幾點？

Ива́н: Сейча́с 8 часо́в.
現在8點。

Са́ша: Где хлеб? Ты уже́ купи́л хлеб?
麵包在哪裡？你已經買麵包了嗎？

Ива́н: Ещё нет. Сего́дня я бу́ду свобо́ден. Я куплю́ и хлеб, и молоко́.
還沒。今天我將有空。我既會買麵包，也會買牛奶。

單詞&俄語這樣說

單詞 🎧 MP3-74

быть（將來時 бу́ду, бу́дешь）	未	在、是	
вре́мя	中	時間 вре́мени 單二	
вы́ставка	陰	展覽 на вы́ставке 看展覽	
де́лать	未	做	
до́ма	副	在家裡	
ещё	副	再、還	
за́втра	副	明天	
когда́	副	什麼時候	
купи́ть (куплю́, ку́пишь)	完	買好	
молоко́	中	奶、乳汁	
музе́й	陽	博物館 в музе́е 在博物館	
ничего́ (не)	代	什麼都（不、沒有）	
отдыха́ть	未	休息	
сего́дня	副	今天	
сейча́с	副	現在、目前	
ско́лько	代	多少	
уже́	副	已經	
хлеб	陽	麵包	
час	陽	小時 часа́ 單二 часо́в 複二	

俄語這樣說

- Я и Ян Мин бу́дем в музе́е на вы́ставке. 我和楊明將去博物館看展覽。
  - я（我）與其他人稱一起當主語時，動詞詞尾以мы（我們）形式變化。

    Я и они́ бу́дем обе́дать в столо́вой. 我和他們將在食堂吃午餐。

- Сего́дня я бу́ду свобо́ден. 今天我將有空。
  - свобо́ден（有空）依照主語的性、數，詞尾有不同變化。表達將來時間，需加上 быть 的將來時。

    Сейча́с он свобо́ден. За́втра он бу́дет свобо́ден.
    現在他有空。明天他將有空。

    Сейча́с она́ свобо́дна. За́втра она́ бу́дет свобо́дна.
    現在她有空。明天她將有空。

    Сейча́с они́ свобо́дны. За́втра они́ бу́дут свобо́дны.
    現在他們有空。明天他們將有空。

- Я куплю́ и хлеб, и молоко́. 我既會買麵包，也會買牛奶。
  - и..., и...（既……，也……；又……，又……）為連接詞，連接同等詞類或句子，有加強語氣的作用。

情境用語 🎧 MP3-75

邀請對方

➤ Я хочу́ пригласи́ть вас (тебя́) в Большо́й теа́тр на бале́т.
  我想邀請您（你）去大劇院欣賞芭蕾舞表演。
  • 動詞пригласи́ть（邀請）後可接кого́?（誰？）與куда́?（去哪裡？）。

➤ Дава́й(те) вме́сте пойдём в музе́й на вы́ставку.
  我們一起去博物館看展覽吧。
  • 正式場合，或邀請兩人以上時，用Дава́йте...。
  • 非正式場合時用Дава́й...。

➤ Спаси́бо, с удово́льствием. 謝謝，真高興。
  • 接受邀請時的回答。

➤ Спаси́бо, но я, к сожале́нию, за́нят. 謝謝，但很遺憾，我有事。
  • 委婉拒絕時用。
  • за́нят（忙碌）依照主語的性、數，詞尾有不同變化，陽性за́нят，陰性занята́，複數за́няты。

請聽對話，並跟著一起念。 MP3-75

— Анна, давáй пойдём в китáйский ресторáн.

— СпасИ́бо, с удовóльствием. Когдá?

— Сегóдня вéчером, в 7 часóв, хорошó?

— Хорошó.

安娜，我們去中國餐廳吧。
謝謝，真高興。什麼時候呢？
今天晚上7點，好嗎？
好的。

— Андрéй, давáй пойдём на хоккéй.

— СпасИ́бо, но я, к сожалéнию, зáнят. Я ещё дéлаю урóки.

安德烈，我們去看曲棍球賽吧。
謝謝，但很遺憾，我有事。我還在寫作業。

📔 實用詞彙

食物食材 🎧 MP3-76

ветчина́	火腿	сала́т	沙拉
колбаса́	香腸	са́хар	糖
ку́рица	雞	соль 陰	鹽
ма́сло	油	суп	湯
мя́со	肉	сыр	乾酪
рис	米、米飯	хлеб	麵包
ры́ба	魚	яйцо́	蛋

蔬菜水果 🎧 MP3-77

ананас	鳳梨	капу́ста	高麗菜
апельси́н	柳橙	карто́фель 陽 карто́шка 口語	馬鈴薯
арбу́з	西瓜	о́вощи 複	蔬菜
бана́н	香蕉	фру́кты 複	水果
виногра́д	葡萄	я́блоко	蘋果

飲料甜點 🎧 MP3-78

виnó	葡萄酒	моро́женое	冰淇淋
вода́	水	пи́во	啤酒
конфе́та	糖果	сок	果汁
ко́фе 陽	咖啡	чай	茶
молоко́	奶、乳汁	шокола́д	巧克力

一日三餐 🎧 MP3-79

за́втрак	早餐	за́втракать 未 поза́втракать 完	吃早餐
обе́д	午餐	обе́дать 未 пообе́дать 完	吃午餐
у́жин	晚餐	у́жинать 未 поу́жинать 完	吃晚餐

語法解析

1 動詞將來時

> Зáвтра я бýду на концéрте. 明天我將去聽音樂會。

> Лéтом я бýду отдыхáть на мóре. 夏天我將去海邊休假。

請複習一下動詞現在時與過去時表達方式：

現在時	過去時
СейчáсИвáн **читáет** ромáн. 現在伊凡在讀小說。	Вчерá Ивáн **читáл** ромáн. 昨天伊凡讀了小說。
Сáша чáсто **хóдит** в бассéйн. 薩沙時常去游泳池。	Рáньше Сáша чáсто **ходи́л** в бассéйн. 之前薩沙時常去游泳池。
Сейчáс друзья́ в пáрке. 現在朋友們在公園。	В суббóту друзья́ **бы́ли** в пáрке. 星期六時朋友們去了公園。

動詞將來時表達説話之後將要做，或將重複進行的動作。表達方式是「быть＋動詞原形」，быть需跟著主語的人稱與數變化。

- 表格速記：быть將來時

人稱	быть
я	бýду
ты	бýдешь
он / онá	бýдет
мы	бýдем
вы	бýдете
они́	бýдут

請讀下面句子與對話：

➢ Сего́дня я бу́ду обе́дать в кафе́. 今天我將在咖啡館吃午餐。

➢ Ве́чером Ната́ша бу́дет гото́вить у́жин до́ма. 晚上娜塔莎將在家裡準備晚餐。

— Кто бу́дет пить чай? 誰要喝茶？

— Чай бу́дут пить А́нна и Та́ня. 要喝茶的是安娜和塔妮婭。

小試身手 ❶：請填入 быть 將來時正確形式。

1. Друзья́ _____ есть ры́бу, а я _____ есть колбасу́.

2. Кто _____ обе́дать в рестора́не?

3. Анто́н, что ты _____ де́лать сего́дня ве́чером?

4. За́втра мы _____ покупа́ть проду́кты в магази́не.

5. Вы _____ пить сок?

請比較 быть 與一般動詞在各種時態的表現方式：

現在時	過去時	將來時
Сейча́с он в кафе́. 現在他在咖啡館。	Вчера́ он **был** в кафе́. 昨天他去了咖啡館。	За́втра он **бу́дет** в кафе́. 明天他將去咖啡館。
Сейча́с он **обе́дает**. 現在他在吃午餐。	Днём он **обе́дал**. 中午時他吃了午餐。	По́сле уро́ка он **бу́дет обе́дать**. 下課後他將吃午餐。
В музе́е вы́ставка. 在博物館有展覽。	В музе́е **была́** вы́ставка. 在博物館曾有展覽。	В музе́е **бу́дет** вы́ставка. 在博物館將有展覽。

小試身手 ❷：請將現在時句子改成過去時與將來時。

例：Он ест мя́со и капу́сту.（動詞原形：есть）

　　Он ел мя́со и капу́сту. Он бу́дет есть мя́со и капу́сту.

1. Ма́ма гото́вит обе́д до́ма.（動詞原形：гото́вить）

　　_____

2. Мы на уро́ке.

　　_____

3. Ты пьёшь молоко́ у́тром?（動詞原形：пить）

　　_____

4. Сейча́с в шко́ле ве́чер.

　　_____

5. Вы у́жинаете в кафе́?（動詞原形：у́жинать）

　　_____

● 表格速記：動詞 есть（吃）、пить（喝）現在時與過去時

時	人稱	есть 吃	пить 喝
現在時	я	ем	пью
	ты	ешь	пьёшь
	он / она́	ест	пьёт
	мы	еди́м	пьём
	вы	еди́те	пьёте
	они́	едя́т	пьют
過去時	он	ел	пил
	она́	е́ла	пила́
	они́	е́ли	пи́ли

動詞的時與體

俄語動詞中有「體」的概念，分為未完成體（НСВ）與完成體（СВ），目前我們所學的是未完成體動詞，並搭配現在、過去與將來時。

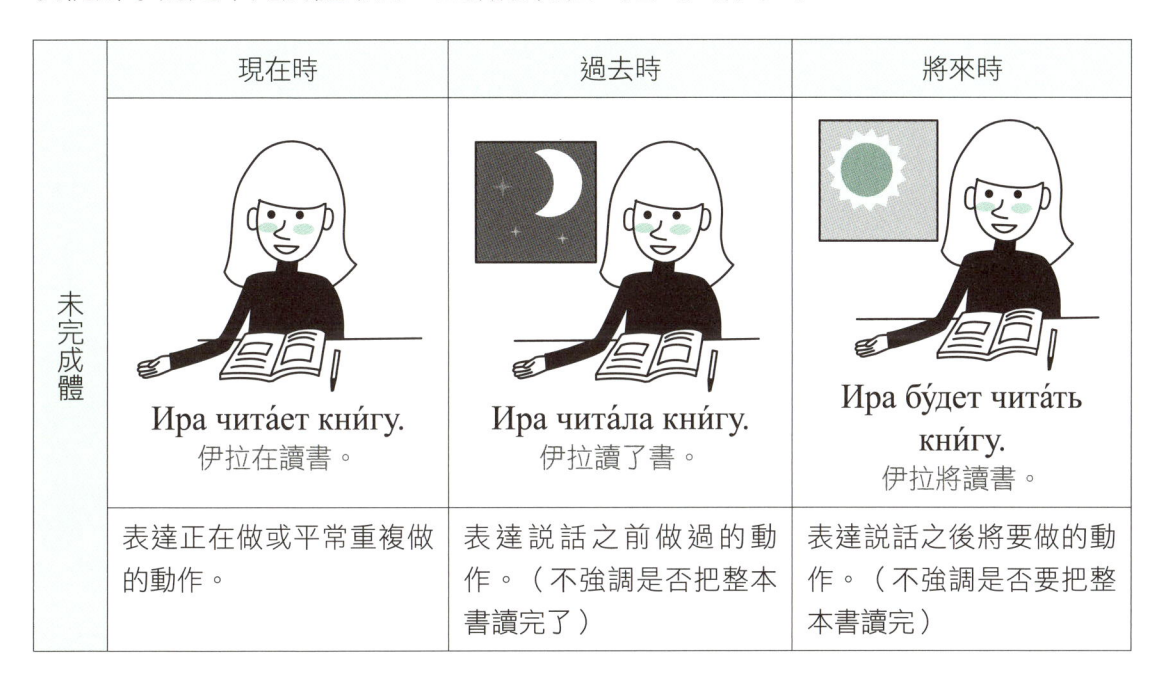

	現在時	過去時	將來時
未完成體	Ира читáет книгу. 伊拉在讀書。	Ира читáла книгу. 伊拉讀了書。	Ира бýдет читáть кнúгу. 伊拉將讀書。
	表達正在做或平常重複做的動作。	表達說話之前做過的動作。（不強調是否把整本書讀完了）	表達說話之後將要做的動作。（不強調是否要把整本書讀完）

完成體動詞表達動作完成，並且獲得結果，只用在過去時和將來時。

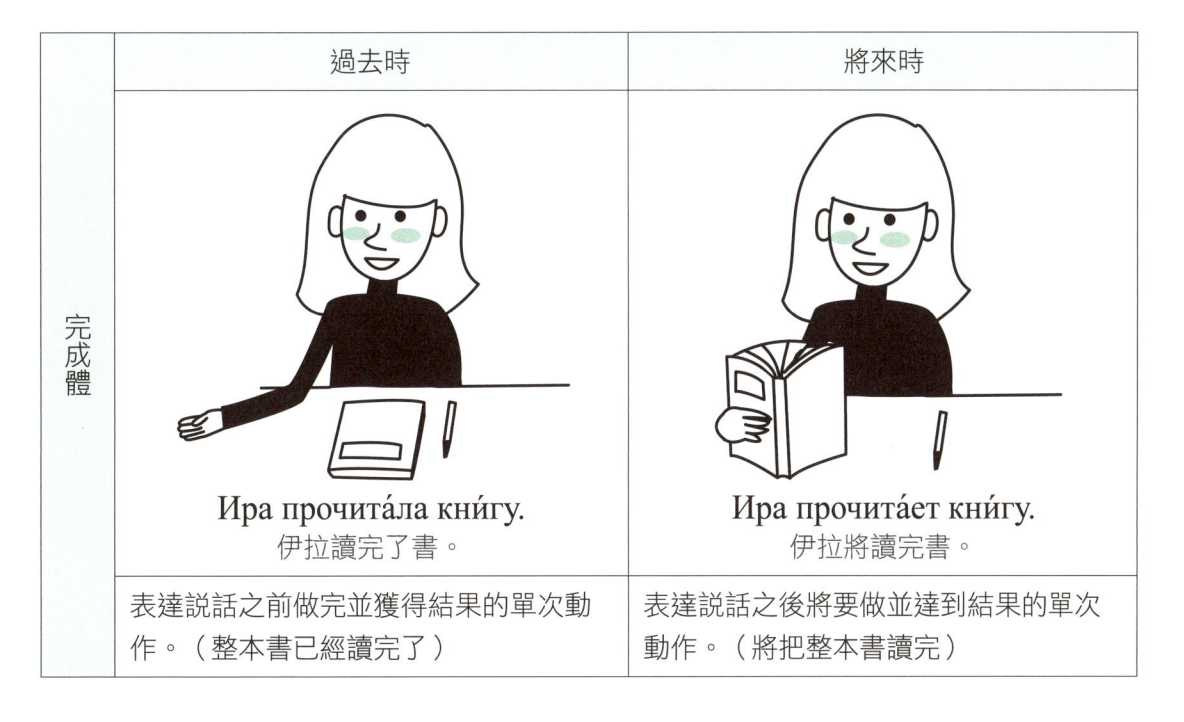

	過去時	將來時
完成體	Ира прочитáла книгу. 伊拉讀完了書。	Ира прочитáет книгу. 伊拉將讀完書。
	表達說話之前做完並獲得結果的單次動作。（整本書已經讀完了）	表達說話之後將要做並達到結果的單次動作。（將把整本書讀完）

> **小叮嚀**
>
> 俄語初級必備未完成體與完成體動詞。
>
> | 未完成體動詞 | 完成體動詞 | 中譯 | 未完成體動詞 | 完成體動詞 | 中譯 |
> |---|---|---|---|---|---|
> | ви́деть | уви́деть | 看 | повторя́ть | повтори́ть | 重複 |
> | говори́ть | сказа́ть | 說 | покупа́ть | купи́ть | 買 |
> | де́лать | сде́лать | 做 | понима́ть | поня́ть | 理解 |
> | есть | съесть | 吃 | реша́ть | реши́ть | 解決 |
> | за́втракать | поза́втракать | 吃早餐 | смотре́ть | посмотре́ть | 觀看 |
> | обе́дать | пообе́дать | 吃午餐 | у́жинать | поу́жинать | 吃晚餐 |
> | писа́ть | написа́ть | 寫 | учи́ть | вы́учить | 學 |
> | пить | вы́пить | 喝 | чита́ть | прочита́ть | 讀 |

● **表格速記：動詞體與時的變化規則（以читáть / прочитáть為例）**

時 / 體	未完成體 читáть		完成體 прочитáть	
過去時	去掉詞尾-ть，再加上與人稱的性和數相符的詞尾（-л, -ла, -ли）			
	я читáл	我讀過了	я прочитáл	我讀完了
	請見第6課		本課	
現在時	按照詞尾，使用е變位或и變位			
	я читáю	我（正在）讀	✕	
	請見第4課			
將來時	быть按人稱變化，再加上動詞不定式		按照詞尾，使用е變位或и變位	
	я бýду читáть	我將讀	я прочитáю	我將讀完
	本課		本課	

❷ 完成體動詞過去時與將來時

> Вчера́ я купи́л фру́кты. 昨天我買了水果。

> Сего́дня я куплю́ рис и сыр. 今天我將會買好米和乾酪。

完成體動詞過去時，表達已經完成並獲得結果的單次動作。詞尾變化規則同未完成體動詞過去時，即需與人稱的性、數相符。

Ма́ма **покупа́ет** фру́кты.
媽媽正在買水果。

Ма́ма **купи́ла** фру́кты.
媽媽買好了水果。

◉ 表格速記：完成體動詞過去時

人稱	сде́лать 做完、做好	сказа́ть 說完	詞尾
он	сде́лал	сказа́л	**-л**
она́	сде́лала	сказа́ла	**-ла**
они́	сде́лали	сказа́ли	**-ли**

請讀下面句子：

> Эмма до́лго чита́ла э́ту кни́гу. Наконе́ц она́ прочита́ла э́ту кни́гу.
艾瑪讀這本書讀了很久。她終於讀完了這本書。

> Брат уже́ сде́лал дома́шнее зада́ние. Сейча́с он смо́трит телеви́зор.
哥哥已經做完了家庭作業。現在他在看電視。

小叮嚀

請熟記常用完成體動詞過去時各人稱重音位置。

人稱	поня́ть 理解、明白	взять 拿
он	по́нял	взял
она́	поняла́	взяла́
они́	по́няли	взя́ли

小試身手❸：請按照範例完成句子。

例：Юрий смо́трит э́тот фильм. Ви́ктор уже́ <u>посмотре́л</u> э́тот фильм.

1. Сестра́ ест мя́со и рис. Брат уже́ _____ мя́со и рис.

2. Эмма у́чит слова́. Лу́кас уже́ _____ слова́.

3. И́горь пи́шет письмо́. Ира уже́ _____ письмо́.

4. Ма́ма бу́дет покупа́ть проду́кты. Ба́бушка уже́ _____ проду́кты.

5. Джон реша́ет зада́ния. Мари́я и Та́ня уже́ _____ зада́ния.

完成體動詞將來時，表達說話後將完成並獲得結果的動作。詞尾變化規則與未完成體現在時相同，需隨人稱使用e變位或и變位。

人稱	e變位			
	сде́лать 做完	написа́ть 寫完	сказа́ть 說完	詞尾
я	сде́лаю	напишу́	скажу́	**-ю, -у**
ты	сде́лаешь	напи́шешь	ска́жешь	**-ешь**
он / она́	сде́лает	напи́шет	ска́жет	**-ет**
мы	сде́лаем	напи́шем	ска́жем	**-ем**
вы	сде́лаете	напи́шете	ска́жете	**-ете**
они́	сде́лают	напи́шут	ска́жут	**-ют, -ут**

人稱	и變位			
	повтори́ть 重複	купи́ть 買	вы́учить 學會	詞尾
я	повторю́	куплю́	вы́учу	**-ю, -у**
ты	повтори́шь	ку́пишь	вы́учишь	**-ишь**
он / она́	повтори́т	ку́пит	вы́учит	**-ит**
мы	повтори́м	ку́пим	вы́учим	**-им**
вы	повтори́те	ку́пите	вы́учите	**-ите**
они́	повторя́т	ку́пят	вы́учат	**-ят, -ат**

08 Что ты бу́дешь де́лать за́втра？你明天將要做什麼？

請讀下面句子：

➢ Я ещё не прочита́л статью́. Ве́чером я прочита́ю статью́.
  我還沒讀完文章。晚上我將會讀完文章。

➢ Ди́ма де́лает дома́шнее зада́ние. Ско́ро он сде́лает дома́шнее зада́ние.
  季馬在寫作業。他馬上將寫完作業。

小試身手❹：請按照範例完成句子。

例：Я ещё не написа́л письмо́. Я <u>напишу́</u> письмо́ за́втра.

1. Брат ещё не повтори́л грамма́тику. Он _____ ве́чером.

2. Мы ещё не купи́ли во́ду. Мы _____ пото́м.

3. – Они́ съе́ли ры́бу? – Ещё нет. Они́ _____ пото́м.

4. Ты ещё не вы́учил э́ти слова́? Ты _____ э́ти слова́ за́втра?

5. Мари́я пьёт сок. Она́ ско́ро _____ сок.

❸ 時間表達法

> Сейча́с два часа́ три́дцать мину́т. 現在2點30分。

> Анто́н обе́дает в 2 часа́. 安東2點吃午餐。

> Анто́н обе́дает до́лго, 2 часа́. 安東吃午餐吃很久，2個小時。

第五課中提到，數詞與名詞連用時，名詞需變格。請注意陽性名詞час（小時）與陰性名詞мину́та（分）的變格規則。

◉ **表格速記：數詞與陽性名詞連用變格規則（以час（小時、點）為例）**

數詞	變格規則	單詞
1 (оди́н), 21	＋名詞單數第一格	час
2, 3, 4, 22, 23, 24	＋名詞單數第二格	часа́
5, 6, ..., 11, 12, 13, 14, …, 20	＋名詞複數第二格	часо́в

小叮嚀
表達「現在1點」，省略оди́н，直接說Сейча́с час。

● 表格速記：數詞與陰性名詞連用變格規則（以минýта（分）為例）

數詞	變格規則	單詞
1 (однá), 21 (двáдцать однá)	＋名詞單數第一格	минýт**а**
2 (две), 3, 4, 22 (двáдцать две), 23, 24	＋名詞單數第二格	минýт**ы**
5, 6, ..., 11, 12, 13, 14, …, 20	＋名詞複數第二格	минýт

　　詢問現在幾點幾分時，可用下面問句：

— Скóлько сейчáс врéмени? / Котóрый сейчáс час? 現在幾點？

— Сейчáс 2 (два) часá 22 (двáдцать две) минýты. 現在2點22分。

小試身手❺：請看時鐘並回答「Скóлько сейчáс врéмени?（現在幾點？）」。

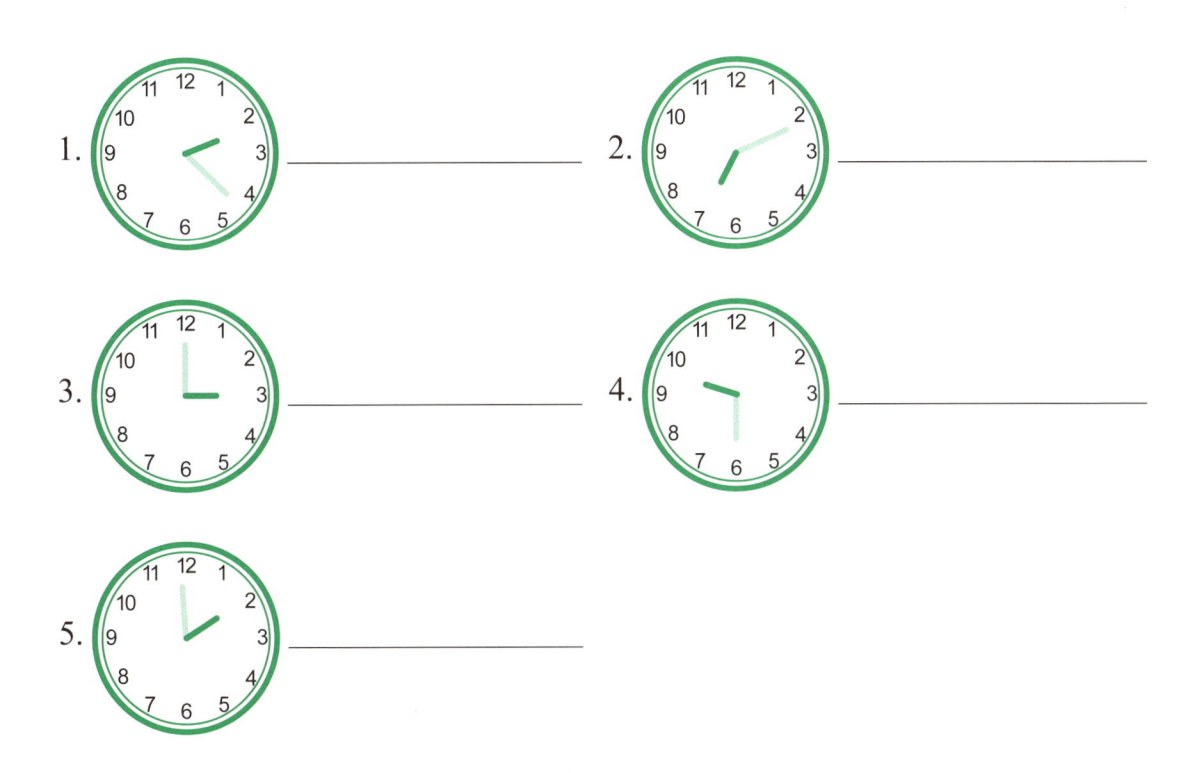

1. _____

2. _____

3. _____

4. _____

5. _____

表達「在（幾）點（幾）分」時，需加上前置詞в。可用疑問副詞когда́（什麼時候）提問。

– Когда́ ты за́втракаешь? 你什麼時候吃早餐？

– Я за́втракаю в 7 часо́в. 我7點吃早餐。

– Когда́ Лу́кас бу́дет на стадио́не? 盧卡斯什麼時候去體育場？

– Он бу́дет на стадио́не в 6 часо́в. 他6點去體育場。

表達動作持續多久，不需加上前置詞в，可用как до́лго（多久）提問。

– Как до́лго ты обы́чно за́втракаешь? 你早餐通常吃多久？

– Я обы́чно за́втракаю 30 мину́т. 我早餐通常吃30分鐘。

– Как до́лго Лу́кас смотре́л футбо́л вчера́? 昨天盧卡斯看足球賽看多久？

– Вчера́ он смотре́л футбо́л 3 часа́. 昨天他看足球賽看了3小時。

小試身手❻：請看時鐘並回答問題。

1. Как до́лго Ната́ша слу́шала ра́дио?

_____

2. Когда́ Лу́кас позвони́л домо́й?

_____

3. Как до́лго гуля́л Анто́н в па́рке?

_____

4. Как до́лго Мари́я слу́шает ле́кцию?

_____

5. Когда́ бу́дет конце́рт?

_____

短文

短文 🎧 MP3-80 請聽音檔，並跟著一起念。

> Билеты дома...

В пя́тницу Ива́н обы́чно свобо́ден, поэ́тому он всегда́ по́здно встаёт, в 10 часо́в и́ли 11. Он ме́дленно за́втракает. Пото́м он отдыха́ет, чита́ет детекти́вы и́ли сиди́т в Интерне́те. В 5 часо́в он смо́трит телепрогра́мму «Жди меня́».

В суббо́ту Ива́н и Анна бу́дут слу́шать о́перу в теа́тре. В пя́тницу ве́чером он ду́мает, что за́втра он ра́но вста́нет, бы́стро поза́втракает. Пото́м он возьмёт де́ньги и ку́пит проду́кты.

В суббо́ту у́тром он встал ра́но, в 8 часо́в. Бы́стро поза́втракал. Пото́м он взял де́ньги и купи́л проду́кты в магази́не.

Ве́чером в 6 часо́в он ждал Анну в за́ле ста́нции метро́ «Театра́льная». Он до́лго ждал, и наконе́ц уви́дел Анну в 6 часо́в 30 мину́т. Но он вспо́мнил, что он забы́л биле́ты до́ма.

單詞

вспо́мнить 完 想起
встава́ть (встаю́, встаёшь, встаёт) 未 起立、起床
встать 完 起立、起床
зал 陽 大廳
наконе́ц 副 最後、終於
по́здно 副 很晚

ра́но 副 很早
сиде́ть (сижу́, сиди́шь, сиди́т) в Интерне́те 上網
ста́нция метро́ 地鐵站
телепрогра́мма 陰 電視節目

星期五伊凡通常有空，所以他總是很晚起床，10點或11點時。他慢慢地吃早餐。之後他休息、讀偵探小說或是上網。5點時他看電視節目《等我回來》。

星期六伊凡和和安娜將去劇院聽歌劇。星期五晚上他想，明天要早起，趕快吃完早餐。之後去領錢並買食物。

星期六早上他很早起床，8點時。很快吃完了早餐。之後他領了錢且在商店買了食物。

晚上6點時他在地鐵劇院站大廳等安娜。他等了很久，終於在6點30分時看見了安娜。但他想起來了，他把票忘在家裡。

請再閱讀短文一次，並回答問題。

1. Когда́ Ива́н всегда́ встаёт в пя́тницу? А в э́ту суббо́ту?

   _____

2. Как он обы́чно за́втракает? А в э́ту суббо́ту?

   _____

3. Что Ива́н и А́нна бу́дут де́лать в суббо́ту ве́чером?

   _____

4. Как до́лго Ива́н ждал А́нну?

   _____

5. Что вспо́мнил Ива́н?

   _____

俄知識

Переры́в! 休息一下！

俄羅斯美食佳餚

俄羅斯美食上桌囉！別急別急，享受佳餚之前，先祝同桌共餐者有個好胃口吧，請説 Прия́тного аппети́та!（祝好胃口！用餐愉快！）。

我們按照順序一道一道來。首先登場的是沙拉（сала́т）。俄羅斯沙拉種類豐富多樣，今天我們來品嚐最經典的俄國沙拉「奧利維耶」（сала́т оливье́），這是由馬鈴薯、酸黃瓜、豌豆、蛋、肉丁等食材拌上美乃滋、黑胡椒、鹽等醬料製成，口味極佳。

再來是第一道菜（пе́рвое блю́до），也就是湯品（суп）。還沒選好喝什麼湯嗎？菜單上好多種類，皆非常值得品嚐，像是白菜湯（щи）、酸黃瓜湯（рассо́льник）、俄式拌肉雜菜湯（соля́нка），還有甜菜根湯（борщ）。順道一提，湯內加匙酸奶（смета́на）喝起來更加道地。

喝完湯後，重頭戲登場，也就是第二道菜（второ́е блю́до），通常以肉（мя́со）或魚（ры́ба）當主食，加上馬鈴薯（карто́шка）、通心粉（макаро́ны）、白飯（рис）或蕎麥（гре́чка）當配菜（гарни́р）。對了，俄羅斯人也愛吃餃子（пельме́ни）哦。

吃飽了嗎？別忘了餐後還有甜點（десе́рт）與茶（чай）或果汁（сок），也可來杯糖水與水果混合做成的果汁（компо́т）。夏天時，一定要來杯黑麥麵包發酵的克瓦斯（квас）！

09 | Девя́тый уро́к

У тебя́ есть шарф?

你有圍巾嗎？

學習目標

1. 學會表達身體感受用語
2. 學會表達某人有與沒有某人或某物
3. 學會運用動物名詞與人稱代詞當間接受詞
4. 學會表達人的年齡

Не име́й сто рубле́й, а име́й сто друзе́й.
與其錢多不如朋友多。

會話 🎧 MP3-81 請聽音檔，並跟著一起念。

Ива́н:	Что случи́лось?	怎麼了？
Ян Мин:	Я боле́ю. У меня́ боли́т го́рло.	我生病。我喉嚨痛。
Ива́н:	У тебя́ есть лека́рства?	你有藥嗎？
Ян Мин:	Да, у меня́ есть. Вчера́ Эмма купи́ла мне лека́рства в апте́ке.	是的，我有。昨天艾瑪在藥房買了藥給我。
Ива́н:	У тебя́ есть перча́тки?	你有手套嗎？
Ян Мин:	Да, у меня́ есть перча́тки.	是的，我有手套。
Ива́н:	А шарф?	那圍巾呢？
Ян Мин:	У меня́ нет ша́рфа.	我沒有圍巾。
Ива́н:	Зимо́й, осо́бенно в январе́, в Москве́ о́чень хо́лодно.	冬天，特別是1月時，在莫斯科很冷。
Ян Мин:	Сего́дня я куплю́ шарф.	今天我將買好圍巾。

單詞&俄語這樣說

單詞 🎧 MP3-82

аптéка	陰	藥房	в аптéке	在藥房
болéть (болéю, болéешь)	未	（人）生病		
болéть (болит, болят)	未	（部位）疼痛		
вчерá	副	昨天		
гóрло	中	喉嚨		
есть	[句中當謂語]	有		
зимóй	副	在冬天時		
купи́ть (куплю́, ку́пишь)	完	買好		
лекáрство	中	藥	лекáрства	複
меня́	代	я第二格形式		
мне	代	я第三格形式		
Москвá	陰	莫斯科	в Москвé	在莫斯科
нет	[句中當謂語]	（＋第二格）沒有		
осóбенно	副	特別、尤其		
óчень	副	很、非常		
перчáтки	複	手套		
сегóдня	副	今天		
тебя́	代	ты第二格形式		
у	前	（＋第二格）有		
хóлодно	副	很冷		
шарф	陽	圍巾	нет шáрфа	沒有圍巾
янвáрь	陽	1月	в январé	在1月時

俄語這樣說

➢ Что случи́лось? 怎麼了？/ 發生什麼事了？
- 動詞случи́ться（發生）不用第一、二人稱。表達「你怎麼了？」需說「Что случи́лось с тобо́й?」。

➢ Я боле́ю. У меня́ боли́т го́рло. 我生病。我喉嚨痛。
- 動詞боле́ть現在時變位有兩種，表達不同意思：

  1. e變位：表達（誰）生病。
     Воло́дя боле́ет. 瓦洛佳生病。
     Са́ша боле́л. 薩沙生了病。

  2. и變位：表達（某）部位疼痛。
     У Ви́ктора боли́т зуб. 維克多牙齒痛。
     У Иры боля́т глаза́. 伊拉眼睛痛。
     Вчера́ у меня́ боле́ла нога́. 昨天我腳痛。
     ※表示「誰的（部位）」通常用前置詞у加上人名或人稱代詞第二格。

情境用語 🎧 MP3-83

身體感受

➢ Я пло́хо себя́ чу́вствую. 我覺得不舒服。

- чу́вствовать себя́（覺得自己）後可接хорошо́（不錯）、не о́чень хорошо́（不很好）或是пло́хо（不好）。
- 詢問對方身體狀況如何，可說Как ты себя́ чу́вствуешь?（你感覺自己如何？）。
- 請注意動詞чу́вствовать現在時變位，ова要先去掉、加上у，之後再加上與人稱和數相符的詞尾。

人稱	чу́вств**ова**ть 覺得、感到
я	чу́вств**у**ю
ты	чу́вств**у**ешь
он / она́	чу́вств**у**ет
мы	чу́вств**у**ем
вы	чу́вств**у**ете
они́	чу́вств**у**ют

➢ Я бо́лен. 我生病。

- 表達（誰）生病時，可用動詞боле́ть，例如Я боле́ю.（我生病。），也可用形容詞больно́й短尾，其詞尾需依主語的性與數變化。表達過去時間，需加上быть過去時。

    Он бо́лен. Вчера́ он был бо́лен. 他生病。昨天他生了病。

    Она́ больна́. Вчера́ она́ была́ больна́. 她生病。昨天她生了病。

    Они́ больны́. Вчера́ они́ бы́ли больны́. 他們生病。昨天他們生了病。

- 「Я боле́ю.」用於平常口語交際中，「Я бо́лен.」具書面語色彩。

請聽對話，並跟著一起念。 🎧 MP3-83

— Приве́т, Ми́ша! Как дела́?

— Пло́хо.

— Что случи́лось?

— Я пло́хо себя́ чу́вствую. Я бо́лен. У меня́ высо́кая температу́ра.

— Выздора́вливай скоре́е!

— Спаси́бо.

嗨，米沙！你好嗎？
不好。
怎麼了？
我覺得不舒服。我生病。我發燒。
祝你早日康復！
謝謝。

實用詞彙

身體部位 MP3-84

глаз глаза́ 複	眼睛	нога́ но́ги 複	腳
голова́	頭	нос	鼻子
го́рло	喉嚨	рот	嘴
зуб зу́бы 複	牙齒	рука́ ру́ки 複	手
лицо́	臉	у́хо у́ши 複	耳朵

禮品名稱 MP3-85

духи́ 複	香水	пода́рок	禮物
игру́шка	玩具	фотоальбо́м	相簿
откры́тка	卡片、明信片	цветы́ 複	花

季節月份 MP3-86

зима́ 冬季	дека́брь	12月	зимо́й 在冬季時	в декабре́	在12月時
	янва́рь	1月		в январе́	在1月時
	февра́ль	2月		в феврале́	在2月時
весна́ 春季	март	3月	весно́й 在春季時	в ма́рте	在3月時
	апре́ль	4月		в апре́ле	在4月時
	май	5月		в ма́е	在5月時
ле́то 夏季	ию́нь	6月	ле́том 在夏季時	в ию́не	在6月時
	ию́ль	7月		в ию́ле	在7月時
	а́вгуст	8月		в а́вгусте	在8月時
о́сень 秋季	сентя́брь	9月	о́сенью 在秋季時	в сентябре́	在9月時
	октя́брь	10月		в октябре́	在10月時
	ноя́брь	11月		в ноябре́	在11月時

語法解析

❶ 前置詞 y 與名詞、代詞第二格連用；нет（沒有）與第二格連用

> У Ивáна есть брат и сестрá. 伊凡有哥哥和妹妹。

> У Анны нет брáта и сестры́. 安娜沒有哥哥和妹妹。

表達「（誰）有（人或物）」時，需用前置詞 y 加動物名詞或人稱代詞第二格。есть後接第一格，表達擁有；нет後接第二格，表達沒有。

	есть кто? что? 有		**нет** кого? чего? 沒有	
У Антóна 安東 У Эммы 艾瑪 У меня́ 我	есть	брат 有哥哥 сестрá 有姊姊 молокó 有牛奶	нет	брáта 沒有哥哥 сестры́ 沒有姊姊 молокá 沒有牛奶

請看下表名詞單數第二格變化規則。

◉ 表格速記：名詞單數第二格

格 性	詞尾 一 кто?	例詞	詞尾 二 кого? чего?	例詞
陽 он	-子音	Антóн 安東 стол 桌子	-а	Антóна столá
	-й	Сергéй 謝爾蓋 музéй 博物館	-я	Сергéя музéя
	-ь	учи́тель 老師 словáрь 辭典	-я	учи́теля словаря́
中 онó	-о	письмó 信	-а	пи́сьма
	-е	мóре 海	-я	мóря
	-мя	врéмя 時間	-мени	врéмени
陰 онá	-а	Áнна 安娜 маши́на 車子	-ы	Áнны маши́ны
	-я	Тáня 塔妮婭 статья́ 文章	-и	Тáни статьи́
	-ь	тетрáдь 本子	-и	тетрáди

小叮嚀

-г、-к、-х、-ж、-ч、-ш、-щ等字母後面不加-ы，需改成-и。

小試身手 ❶：請按照句意填入名詞正確形式，表達（誰）有或沒有（人或物）。

1. _____(Юля) есть красивая сумка.

2. _____(Дима и Марина) нет квартиры.

3. _____(Дедушка) есть интересная книга.

4. _____(Надя) нет учебника.

5. _____(Николай) есть перчатки.

前置詞 y 與代詞第三人稱第二格（его、её、их）連用時，代詞需加上 н-。

⦿ 表格速記：前置詞 y 與人稱代詞第二格連用

格	我	你、妳	他、它	她	我們	你們、您	他們
一 кто?	я	ты	он, оно	она	мы	вы	они
二 у кого?	у меня	у тебя	у него	у неё	у нас	у вас	у них

請讀下面句子與對話：

➢ У Виктора есть шапка. У Наташи нет шапки.
維克多有毛帽。娜塔莎沒有毛帽。

➢ У брата есть пальто. У сестры нет пальто. 哥哥有大衣。姊姊沒有大衣。

➢ У Игоря есть деньги. У Марии нет денег. 伊格爾有錢。瑪莉婭沒有錢。

— У тебя есть часы? 你有錶嗎？

— Нет, у меня нет часов. 沒有，我沒有錶。

— У когó есть врéмя сейчáс? 現在誰有空？

— У Ивáна есть врéмя. 伊凡有空。

— У Лýкаса нет врéмени. 盧卡斯沒空。

小試身手❷：請按照句意填入人稱代詞正確形式，表達（誰）有或沒有（人或物）。

1. _____(Он) есть машúна, а _____(онá) нет машúны.

2. _____(Ты) есть рýчка?

3. _____(Я) есть брат и сестрá.

4. _____(Онú) есть кóмната.

5. – _____(Вы) есть водá? – Нет, _____(мы) нет водý.

小試身手❸：請按照範例用否定句回答。

例：У Андрéя есть тетрáдь? <u>Нет, у негó нет тетрáди.</u>

1. У отцá есть врéмя? _____

2. У тебя́ есть я́блоко? _____

3. У них есть игрýшка? _____

4. У тёти есть колбасá? _____

5. У Юрия Ивáновича есть портфéль? _____

❷ 名詞、人稱代詞第三格

> Роди́тели купи́ли игру́шку сестре́. 父母買了玩具給妹妹。

> Друзья́ подари́ли мне фотоальбо́м. 朋友們送給我相簿。

表達將某物給某人、打電話給某人、展示某物給某人看、幫某人忙等動作，「某物」在句中是直接受詞，用第四格表示，「某人」在句中是間接受詞，用第三格表示。

● 表格速記：名詞單數第三格

格	一 кто?		三 кому?		
性	詞尾	例詞	詞尾	例詞	
陽 он	-子音	Анто́н 安東 оте́ц 父親	-у	говори́ть / сказа́ть 説 дава́ть / дать 給 дари́ть / подари́ть 送 звони́ть / позвони́ть 打電話 пока́зывать / показа́ть 展示 покупа́ть / купи́ть 買 помога́ть / помо́чь 幫助	Анто́ну отцу́
	-й	Серге́й 謝爾蓋	-ю		Серге́ю
	-ь	учи́тель 老師	-ю		учи́телю
陰 она́	-а	А́нна 安娜	-е		А́нне
	-я	Та́ня 塔妮婭	-е		Та́не
	-ия	Мари́я 瑪莉婭	-ии		Мари́и

> 小叮嚀
>
> мать（母親）與дочь（女兒）的單數第三格分別是ма́тери與до́чери。

請讀下面對話：

− Что подру́ги купи́ли Анне? 朋友們買了什麼給安娜？

− Они́ купи́ли Анне слова́рь. 她們買了辭典給安娜。

− Кому́ Андре́й подари́л кни́гу? 安德烈送了書給誰？

− Он подари́л кни́гу Ве́ре. 他送了書給薇拉。

小試身手 ④：請按照句意填入名詞正確形式。

1. Вчера́ он купи́л журна́л _____ (Ви́ктор).

2. За́втра я позвоню́ _____ (На́дя) по телефо́ну.

3. Па́па пода́рит гита́ру _____ (сестра́).

4. Эти студе́нты ча́сто помога́ют _____ (преподава́тель).

5. Он дал тетра́дь _____ (Никола́й).

請看下表人稱代詞第三格變化。

● **表格速記：人稱代詞第三格**

格	我	你、妳	他、它	她	我們	你們、您	他們
一 кто?	я	ты	он, оно́	она́	мы	вы	они́
三 кому́?	мне	тебе́	ему́	ей	нам	вам	им

請讀下面對話：

— Кому́ Ви́ктор дал газе́ту? Тебе́? 維克多把報紙給了誰？給了你嗎？

— Нет, он дал газе́ту им. 不，他把報紙給了他們。

— Кому́ ты позвони́л? 你打了電話給誰？

— Я позвони́л ему́. 我打了電話給他。

小試身手 ❺：請按照句意填入人稱代詞正確形式。

1. Он показа́л _____(я) фо́то.

2. Они́ _____(ты) сказа́ли?

3. Мы напи́шем _____(вы) письмо́.

4. Он всегда́ помога́ет _____(она́).

5. Кто сказа́л _____(они́)?

小試身手 ❻：請按照範例完成句子。

例：У Юрия нет фотоальбо́ма. Мы пода́рим <u>фотоальбо́м Юрию.</u>

1. Ви́ка пло́хо себя́ чу́вствует. Мы помо́жем _____

2. У Ива́на нет ви́лки. Я дам _____

3. У вас нет словаря́? Я подарю́ _____

4. У ма́мы нет зонта́. Я дам _____

5. Они́ лю́бят есть колбасу́. Я куплю́ _____

● 表格速記：完成體動詞помóчь（幫助）、дать（給）將來時與過去時

時	人稱	помóчь 幫助	дать 給
將來時	я	помогу́	дам
	ты	помо́жешь	дашь
	он / она́	помо́жет	даст
	мы	помо́жем	дади́м
	вы	помо́жете	дади́те
	они́	помо́гут	даду́т
過去時	он	помо́г	дал
	она́	помогла́	дала́
	они́	помогли́	да́ли

❸ 年齡表達法

- ➤ Ви́ктору бы́л 21 год. 當時維克多21歲。
- ➤ А́нне 22 го́да. 安娜22歲。
- ➤ Влади́миру бу́дет 35 лет. 弗拉基米爾將35歲。

表達某人年齡時,「某人」需用第三格。請注意數詞與год(年、歲)連用的變格規則。

◉ 表格速記:數詞與год(年、歲)連用變格規則

數詞	變格規則	單詞
1 (оди́н), 21	＋名詞單數第一格	год
2, 3, 4, 22, 23, 24	＋名詞單數第二格	го́да
5, 6, ..., 11, 12, 13, 14, …, 20	＋名詞複數第二格	лет

表達年齡的句型中,過去時需加上был(быть過去時陽性形式,數詞尾數是1, 21, 31, …時)、бы́ло(быть過去時中性形式),將來時需加上бу́дет(быть將來時單數第三人稱形式)。

◉ 表格速記:年齡表達法

時	кому́? 誰?	быть	ско́лько лет? 幾歲?
過去時	Макси́му 馬克西姆 Отцу́ 父親	был / бы́ло (當時)	41 год 52 го́да 25 лет
現在時	Мари́и 瑪莉婭	- (現在)	
將來時	Ма́тери 母親 Мне 我	бу́дет (將要)	

提問時，用疑問代詞сколько加上год（多少）的複數第二格形式лет。

— Сколько лет Татьяне? 塔季婭娜幾歲？

— Ей 25 лет. 她25歲。

— Сколько ему лет? 他幾歲？

— Ему 31 год. 他31歲。

小試身手 ❼：請按照範例完成句子。

例：Наташа, 40 <u>Наташе 40 лет. Наташе было 40 лет. Наташе будет 40 лет.</u>

1. Она, 22 _____

2. Володя, 6 _____

3. Дима, 23 _____

4. Мы, 14 _____

5. Отец, 61 _____

短文

短文 🎧 MP3-87 請聽音檔，並跟著一起念。

Идеа́льный пода́рок

Лу́касу 20 лет. За́втра у него́ день рожде́ния. Ему́ бу́дет 21 год. Его́ друзья́ ду́мают, что подари́ть.

Анна хо́чет подари́ть Лу́касу ча́шку, потому́ что ему́ нра́вится пить чай. Ива́н ду́мает, что Лу́кас лю́бит игра́ть в футбо́л, поэ́тому он хо́чет подари́ть ему́ мяч. Эмма говори́т, что у Лу́каса уже́ есть ча́шка и мяч, но ско́ро зима́, у него́ ещё нет ша́рфа и ша́пки. Она́ хо́чет подари́ть ему́ шарф и ша́пку.

Друзья́ реши́ли подари́ть Лу́касу шарф и ша́пку.

單詞

день рожде́ния 生日
кому? нра́вится кто-что? （誰）喜歡（人或物）
мяч 陽 球
поэ́тому 副 所以
ско́ро 副 快要

盧卡斯20歲。明天是他的生日。他將21歲。他的朋友們想著送什麼禮物給他。

安娜想送盧卡斯茶杯，因為他喜歡喝茶。伊凡認為盧卡斯愛踢足球，所以他想送他球。艾瑪說，盧卡斯已經有茶杯和球，但快要冬天了，他還沒有圍巾和毛帽。她想送他圍巾和毛帽。

朋友們決定送給盧卡斯圍巾和毛帽。

請再閱讀短文一次，並回答問題。

1. Ско́лько лет Лу́касу сейча́с?
   _____

2. Что Анна хо́чет подари́ть Лу́касу? Почему́?
   _____

3. Что Ива́н хо́чет подари́ть Лу́касу? Почему́?
   _____

4. Что у Лу́каса уже́ есть? А чего́ ещё нет?
   _____

5. Что друзья́ реши́ли подари́ть Лу́касу?
   _____

俄知識

Переры́в! 休息一下！

俄羅斯送禮做客

俄羅斯人愛送禮，市區與百貨商城內也有專賣禮品的商店，裡面各式商品琳瑯滿目、選擇多樣。參加婚宴、生日宴會、喬遷新居、到府訪客等場合，都會送花與禮物。節慶時，像是過新年（Но́вый год），小朋友們最期待收到嚴寒老人（Дед Моро́з）送的禮物，親朋好友間也會彼此互相贈禮、互祝佳節愉快。2月23日的祖國保衛者日（День защи́тника Оте́чества）俗稱男人節，這天女士會送男士禮物。3月8日國際婦女日（Междунаро́дный же́нский день）時，則是男士贈送花和禮物給心愛的女士。9月1日學年開始第一天，也就是知識日（День зна́ний），小學生會送花給班級導師。

送花給俄羅斯人時，要送單數、真花，因為雙數是葬禮用的，不能送人造花。送花時，顏色可選象徵純淨的白色，或是帶來欣喜祝賀的紅色，有些人認為黃色的花有分離之意。

送禮時需注意，例如刀子、剪刀等尖銳物不適合當禮物，與眼淚相關的手帕、珍珠，與葬禮相關的毛巾、蠟燭最好也不要當禮物送人。鐘錶讓人想起時光飛逝、年華老去，所以還是別送的好。如果要送錢包或皮夾，不能讓裡面空空的，要塞滿紙鈔或硬幣，這樣才能祝福對方財源滾滾來。

與友人相約到餐廳，或是到咖啡廳聚餐相比，俄羅斯人較喜歡邀請對方到家裡做客。去友人家做客，會先聯絡好，不需特別提早到，晚10到15分鐘是可被接受的，但不要超過半小時以上。如果只是單純去友人家做客，可先問主人需要帶點什麼過去，就算主人說不需要，也可帶食物、甜點、飲料，主人會擺在桌上讓大家一起享用。所以去俄羅斯朋友家做客時，切記別當不速之客，也別帶「兩串香蕉」去拜訪哦。

Дед Моро́з
嚴寒老人

10 | Десятый урок

С кем ты был вчера?

昨天你跟誰在一起？

學習目標
1. 學會祝賀佳節用語
2. 學會表達做某事與從事某工作
3. 學會表達跟某人一起
4. 學會表達某物含有什麼

Век живи — век учись.
活到老，學到老。

會話 🎧 MP3-88 請聽音檔，並跟著一起念。

Ян Мин:	Что ты де́лал вчера́ ве́чером?	昨天晚上你做了什麼？
Лу́кас:	Я занима́лся ру́сским языко́м в библиоте́ке. А ты?	我在圖書館讀俄語。那你呢？
Ян Мин:	Я у́жинал в рестора́не.	我去餐廳吃了晚餐。
Лу́кас:	С кем ты был в рестора́не?	你跟誰去了餐廳？
Ян Мин:	Я был с Ива́ном.	我和伊凡去的。
Лу́кас:	Что ты ел?	你吃了什麼？
Ян Мин:	Я ел мя́со с ри́сом.	我吃了肉配米飯。
Лу́кас:	Ты пил чай и́ли ко́фе?	你喝了茶還是咖啡？
Ян Мин:	Я пил чёрный чай с са́харом.	我喝了紅茶加糖。
Лу́кас:	Вчера́, когда́ я занима́лся, я пил ко́фе с молоко́м.	昨天當我讀書時，我喝了咖啡加奶。

單詞&俄語這樣說

單詞 MP3-89

вéчером	副	在晚上時		
вчерá	副	昨天		
дéлать	未	做		
есть（過去時ел, éла, éли）	未	吃		
занимáться	未	（＋第五格）從事、做		
		занимáться рýсским языкóм	讀俄語	
и́ли	連	或者、還是		
кем	代	кто第五格形式		
когдá	連	當（什麼時候）		
кóфе	陽	咖啡		
молокó	中	奶、乳汁	с молокóм	含有、加奶
мя́со	中	肉		
пить （過去時пил, пилá, пи́ли）	未	喝		
ресторáн	陽	餐廳	в ресторáне	在餐廳
рис	陽	米、米飯	с ри́сом	含有飯
с	前	（＋第五格）跟、和、與		
сáхар	陽	糖	с сáхаром	含有、加糖
ýжинать	未	吃晚餐		
чай	陽	茶		
чёрный	形	黑色的	чёрный чай	紅茶

俄語這樣說

➤ Когда́ я занима́лся ру́сским языко́м, я пил ко́фе с молоко́м.
當我讀俄語時，我喝了咖啡加奶。

- когда́（當……）在句中當連接詞，連接兩個同時進行的動作，兩句動詞用未完成體。когда́子句可置於句尾，其前有一逗號。

    Я пью чёрный чай с молоко́м, когда́ я смотрю́ фильм.
    當我在看影片時，我喝紅茶加奶。

💡 情境用語 🎧 MP3-90

祝賀佳節

➤ Поздравля́ю вас с Но́вым го́дом! 祝您新年快樂！

- 動詞поздравля́ю的原形為поздравля́ть（祝賀），後接кто的第四格形式кого́（誰）與前置詞с加上節日名稱第五格。
- 祝賀生日快樂，可說С днём рожде́ния!。
- 祝賀佳節愉快，可說С пра́здником!。

請聽對話，並跟著一起念。 🎧 MP3-90

— Виктор, давай вместе пойдём в русский ресторан сегодня вечером!

— С удовольствием! А какой праздник сегодня?

— Сегодня мой день рождения.

— Правда? С днём рождения!

— Спасибо!

維克多，今晚我們一起去俄羅斯餐廳吧！
真高興！今天是什麼節日呢？
今天是我的生日。
真的嗎？祝生日快樂！
謝謝！

— Дорогие друзья! Скоро наступает Новый год. Поздравляю вас с Новым годом! Желаю вам счастья, здоровья, любви.

親愛的朋友們！新年即將到來。祝你們新年快樂！願你們幸福、健康、愛情美滿。

實用詞彙

學科名稱 MP3-91

биоло́гия	生物學	медици́на	醫學
геогра́фия	地理學	нау́ка	科學
иностра́нный язы́к	外國語	фи́зика	物理學
иску́сство	藝術	филоло́гия	語文學
исто́рия	歷史學	филосо́фия	哲學
литерату́ра	文學	хи́мия	化學
матема́тика	數學	эконо́мика	經濟學

職業名稱 MP3-92

арти́ст арти́стка 陰	演員	секрета́рь 陽	祕書
исто́рик	歷史學家	спортсме́н спортсме́нка 陰	運動員
компози́тор	作曲家	фи́зик	物理學家
космона́вт	太空人	фило́лог	語文學家
матема́тик	數學家	фило́соф	哲學家
ме́неджер	經理	хи́мик	化學家
музыка́нт	音樂家、音樂工作者	худо́жник	畫家
перево́дчик перево́дчица 陰	譯者	экономи́ст	經濟學家
писа́тель 陽	作家	экскурсово́д	導遊
поэ́т	詩人	юри́ст	法律學者

📝 語法解析

1 動詞與名詞第五格連用

➢ Лу́кас занима́ется спо́ртом. 盧卡斯在做運動。

➢ Ян Мин рабо́тает инжене́ром. 楊明從事工程師工作。

➢ Мой брат бу́дет перево́дчиком. 我的哥哥將是譯者。

быть（是）、рабо́тать（工作）、стать（成為）等動詞後接名詞第五格，表達某人從事哪方面的工作、其職業與專業等。提問時，用疑問代詞кто的第五格形式кем。

занима́ться（做、從事）後接名詞第五格，表達在做（什麼）事。提問時，用疑問代詞что的第五格形式чем。

◉ 表格速記：名詞單數第五格

格	一 кто?			五 кем? чем?	
性	詞尾	例詞	詞尾		例詞
陽 oн	-子音	космона́вт 太空人 ру́сский язы́к 俄語 оте́ц 父親	-ом	быть 是 занима́ться 做、從事 рабо́тать 工作、從事 стать 成為	космона́в**том** ру́сск**им** язык**о́м** отц**о́м**
	-й	геро́й 英雄	-ем		геро́**ем**
	-ь	учи́тель 老師 секрета́рь 祕書	-ем		учи́тел**ем** секретар**ём**
中 oно́	-o	иску́сство 藝術	-ом		иску́сств**ом**
	-e	языкозна́ние 語言學	-ем		языкозна́ни**ем**
陰 oна́	-a	арти́стка 女演員	-ой		арти́стк**ой**
	-я	исто́рия 歷史	-ей		исто́ри**ей**
	-ь	мать 母親	-ью		ма́тер**ью**

> **小叮嚀**
> - занима́ться ру́сским языко́м（讀俄語）中的ру́сским為形容詞，也需跟著名詞一起變格。
> - мать（母親）與дочь（女兒）的單數第五格分別是ма́терью與до́черью。

請讀下面句子與對話：

➢ Ната́ша была́ студе́нткой. Она́ бу́дет магистра́нткой.
娜塔莎曾是大學生。她將成為碩士生。

➢ Влади́мир лю́бит занима́ться матема́тикой. Он хо́чет стать матема́тиком.
弗拉基米爾喜歡讀數學。他想成為數學家。

— Кем рабо́тает ваш оте́ц? 您的父親從事什麼工作？

— Он рабо́тает преподава́телем. 他是教師。

— Чем ты занима́ешься сейча́с? 你現在在做什麼？

— Я занима́юсь англи́йским языко́м. 我在讀英語。

小試身手 ❶：請按照句意填入提示詞正確形式。

1. Вчера́ Андре́й занима́лся _____(фи́зика) в библиоте́ке.

2. – _____(Кто) Эмма хо́чет стать?
   – Она́ хо́чет стать _____(экскурсово́д).

3. Ви́ктор лю́бит занима́ться _____(филосо́фия).
   Он бу́дет _____(филосо́ф).

4. – _____(Что) ты бу́дешь занима́ться за́втра?
   – За́втра я бу́ду занима́ться _____(литерату́ра).

5. Ра́ньше Дми́трий был _____(писа́тель).
   Тепе́рь он рабо́тает _____(журнали́ст).

❷ 前置詞 с 與名詞、人稱代詞第五格連用

> Антóн с Áнной вмéсте игрáют в тéннис. 安東和安娜一起打網球。

> Я пью чай с сáхаром. 我喝茶加糖。

> Ты хóчешь гуля́ть со мной? 你想跟我散步嗎？

表達跟（誰）一起、共同做某事，以及某物帶有、含有（什麼），用前置詞 с 加名詞第五格。

● 表格速記：前置詞 с 與名詞單數第五格連用

格 性	一 кто? 詞尾	例詞	五 с кем? с чем? 詞尾	例詞
陽 он	-子音	Антóн 安東 сáхар 糖	-ом	с Антóном с сáхаром
	-й	Сергéй 謝爾蓋	-ем	с Сергéем
	-ь	учи́тель 老師 картóфель 馬鈴薯	-ем	с учи́телем с картóфелем
中 онó	-о	молокó 牛奶	-ом	с молокóм
	-е	мóре 海洋	-ем	с мóрем
陰 онá	-а	Áнна 安娜 капýста 高麗菜	-ой	с Áнной с капýстой
	-я	Тáня 塔妮婭	-ей	с Тáней
	-ь	Любóвь 柳博芙（女子名）	-ью	с Любóвью

請讀下面對話：

— С кем ты обы́чно хо́дишь в магази́н? 你通常跟誰去商店？

— Я обы́чно хожу́ в магази́н с Ни́ной. 我通常跟妮娜去商店。

— Вы бы́ли в ци́рке с ба́бушкой? 你們和奶奶去看馬戲團表演嗎？

— Нет. Мы бы́ли с де́душкой. 不是。我們是和爺爺去的。

— Да́йте, пожа́луйста, мя́со. 請給我肉。

— С чем вы хоти́те? 您想加什麼？

— С ри́сом. 加米飯。

小試身手 ❷ ：請按照句意填入前置詞加名詞正確形式。

1. Мне нра́вится мя́со ＿＿＿＿＿＿＿＿＿＿(с, карто́фель).

2. Да́йте, пожа́луйста, ко́фе ＿＿＿＿＿＿＿＿＿＿(с, молоко́).

3. Ты хо́чешь чай ＿＿＿＿＿＿＿＿＿＿(с, лимо́н)?

4. Вчера́ Анто́н ＿＿＿＿＿＿＿＿＿＿(с, Анна) занима́лись кита́йским языко́м.

5. Мать гуля́ет в па́рке ＿＿＿＿＿＿＿＿＿＿(с, дочь).

請注意！前置詞c與代詞單數第一人稱第五格連用時，需變成co。與代詞第三人稱第五格（им, ей, и́ми）連用時，代詞需加上н-。

● 表格速記：前置詞c與人稱代詞第五格連用

格	我	你、妳	他、它	她	我們	你們、您	他們
一 кто?	я	ты	он, оно́	она́	мы	вы	они́
五 с кем?	со мной	с тобо́й	с ним	с ней	с на́ми	с ва́ми	с ни́ми

請讀下面句子：

➢ Ты хо́чешь у́жинать со мной? 你想和我吃晚餐嗎？

➢ Вчера́ друзья́ с ни́ми е́здили в дере́вню. 昨天朋友們和他們去了鄉村。

➢ Мы с тобо́й лю́бим игра́ть на гита́ре. = Я и ты лю́бим игра́ть на гита́ре.
我和你喜愛彈吉他。

小試身手 ❸：請按照句意填入人稱代詞正確形式。

1. Сестра́ хо́чет игра́ть на компью́тере (玩電腦) ＿＿＿＿＿＿(с, ты).

2. Они́ ＿＿＿＿＿＿(с, он) бу́дут в бассе́йне.

3. Мы ＿＿＿＿＿＿(с, она́) вме́сте подари́ли Ле́не духи́.

4. В суббо́ту Анто́н ходи́л в теа́тр ＿＿＿＿＿＿(с, мы).

5. Лу́кас всегда́ игра́ет в баскетбо́л ＿＿＿＿＿＿(с, я).

短文

短文 🎧 MP3-93 請聽音檔，並跟著一起念。

Вы ужé хорошó знáете Ивáна. Он рýсский. Он студéнт. Он с семьёй живёт в Москвé. Егó отéц Андрéй Антóнович рабóтает мéнеджером в фи́рме. Егó мать Áнна Петрóвна рабóтает учи́тельницей в шкóле. Он вмéсте с брáтом ýчится в университéте. Егó млáдшая сестрá шкóльница. Онá ýчится в шкóле.

Ивáн изучáет истóрию. Он хóчет стать истóриком. Егó брат Сáша лю́бит фи́зику. Он хóчет рабóтать фи́зиком. Сестрá лю́бит петь, рисовáть и занимáться спóртом. Онá хóчет быть и музыкáнтом, и худóжником, и спортсмéнкой.

您已熟知伊凡。他是俄羅斯人。他是大學生。他和家人住在莫斯科。他的父親安德烈‧安東諾維奇在公司當經理。他的母親安娜‧彼得蘿芙娜在中學當老師。他和哥哥一起在大學就讀。他的妹妹是中學生。她在中學就讀。

伊凡研究歷史。他想成為歷史學者。他的哥哥薩沙喜愛物理學。他想從事物理學工作。妹妹喜愛唱歌、畫畫和做運動。她既想當音樂工作者，也想當畫家，還想當運動員。

請再閱讀短文一次，並回答問題。

1. С кем Иван живёт в Москве?
   _____

2. Кем работают Андрей Антонович и Анна Петровна?
   _____

3. Что изучает Иван? Кем он хочет стать?
   _____

4. Кто хочет работать физиком?
   _____

5. Сестра тоже хочет работать физиком?
   _____

俄知識

Переры́в! 休息一下！

俄羅斯主要節慶

俄羅斯人喜愛過節日，一年中最重要的節日就是新年（Но́вый год），這是家人齊聚團圓的日子，每年12月起，人們已開始籌備如何歡慶新年，商家與街道也會特別裝飾佈置，所以走在市區即可感受到濃濃歡樂過節氣氛。

人們也喜歡傳遞此歡樂氣氛，所以節日將近時，已可聽到人們互相祝賀「С наступа́ющим Но́вым го́дом!」，直譯即是「祝即將到來的新年快樂！」。1月1日當天，人們互道「С Но́вым го́дом!」（新年快樂！）。新年假期從1月1日到8日，其中1月7日是東正教聖誕節（Рождество́ Христо́во），所以人們見面時也説「С Но́вым го́дом и Рождество́м!」（新年與聖誕快樂！）。新年假期雖然過了，但人們還是持續祝賀「С наступи́вшим Но́вым го́дом!」（祝已來到的新年快樂！）。

俄羅斯還有哪些國定假日呢？請看下表：

Но́вый год	新年	1月1日
Рождество́ Христо́во	聖誕節	1月7日
День защи́тника Оте́чества	祖國保衛者日	2月23日
Междунаро́дный же́нский день	國際婦女日	3月8日
Пра́здник Весны́ и Труда́	春天與勞動節	5月1日
День Побе́ды	勝利日	5月9日
День Росси́и	俄羅斯國慶日	6月12日
День наро́дного еди́нства	民族團結日	11月4日

市區海報藝術，慶祝5月9日勝利日

商家櫥窗上的新年賀詞

附錄

練習題解答

Зна́ние — си́ла.
知識就是力量。

00 俄語字母與發音

四、成果驗收

（一）請將聽到的字母圈起來。

ш	е	ⓒ ч	р	э
в	ⓒ щ	ф	й	з
ⓒ ю	б	ⓒ у	и	ⓒ ы

（二）請將聽到的音圈起來。

1. оу – ⓒоа	5. ты – ⓒдым	9. ⓒшур – жур
2. ⓒуа – уы	6. дам – ⓒвам	10. ⓒня – мя
3. ⓒми – ни	7. ⓒрал – лар	11. кош – ⓒгош
4. папá – ⓒпáпа	8. сва – ⓒзва	12. эп – ⓒеп

（三）請聽單詞，填上漏掉的字母，並標上重音。

1. три
2. тетрáдь
3. сýмка
4. окнó
5. я́блоко
6. завóд
7. хлеб
8. футбóл

（四）請聽音檔，並在每個句子的語調重心上方標上調型。

– Кто́² это?
– Это Антóн¹.
– Он твой бра́т³?
– Нет, он мой дру́г¹.
– А э́то⁴?

– Это мой бра́т.
– Как его зову́т?
– Его зову́т Са́ша.

01 您叫什麼名字？ Пе́рвый уро́к. Как вас зову́т?

✽ 小試身手1：請按照名詞的陽、中、陰性分別寫он、оно́、она́。

例：кни́га 書　　　　　она́
1. ла́мпа 燈　　　　　она́
2. слова́рь 辭典　　　он
3. ко́фе 咖啡　　　　он
4. фо́то 照片　　　　оно́
5. телефо́н 電話　　　он
6. тетра́дь 本子　　　она́

✽ 小試身手2：請將名詞單數變成複數。

例：телефо́н 電話　　　телефо́ны
1. шкаф 櫃子　　　　шкафы́
2. портфе́ль 公事包　портфе́ли
3. нож 刀子　　　　　ножи́
4. дом 房子　　　　　дома́
5. трамва́й 有軌電車　трамва́и
6. брат 哥哥　　　　　бра́тья
7. зада́ние 練習題　　　зада́ния
8. рюкза́к 背包　　　　рюкзаки́
9. газе́та 報紙　　　　　газе́ты
10. аудито́рия 教室　　аудито́рии

✱ 短文

請再閱讀短文一次，並回答問題。

1. Кто э́то? 這是誰？
   <u>Э́то Ива́н.</u> 這是伊凡。
2. Что э́то? 這是什麼？
   <u>Э́то дом.</u> 這是房子。
3. Где стул? 椅子在哪裡？
   <u>Стул (Он) сле́ва.</u> 椅子（它）在左邊。
4. Где су́мка? 包包在哪裡？
   <u>Су́мка (Она́) тут.</u> 包包（它）在這裡。
5. Что там? 那邊有什麼？
   <u>Там словари́ и журна́лы.</u> 那邊有辭典和雜誌。

02 這是誰的房子？ Второ́й уро́к. Чей э́то дом?

✱ 小試身手1：請按照範例回答問題。

例：Кто Ива́н? 伊凡是做什麼的？
　　<u>Он студе́нт.</u> 他是大學生。

1. Кто А́нна? 安娜是做什麼的？
   <u>Она́ журнали́стка.</u> 她是記者。
2. Кто Андре́й Ива́нович? 安德烈・伊凡諾維奇是做什麼的？
   <u>Он врач.</u> 他是醫生。
3. Кто вы? 您是做什麼的？
   <u>Я преподава́тель.</u> 我是教師。
4. Кто бра́тья? 哥哥們是做什麼的？
   <u>Они́ музыка́нты.</u> 他們是音樂工作者。
5. Кто Мари́я Петро́вна? 瑪莉婭・彼得蘿芙娜是做什麼的？
   <u>Она́ домохозя́йка.</u> 她是家庭主婦。

✽ 小試身手2：請按照範例回答問題。

例：Чья э́то су́мка? 這是誰的包包？
　　Это её су́мка. 這是她的包包。

1. Чей э́то конве́рт? 這是誰的信封？
   <u>Это мой конве́рт.</u> 這是我的信封。
2. Чьи э́то карандаши́? 這是誰的鉛筆？
   <u>Это твои́ карандаши́.</u> 這是你的鉛筆。
3. Чьё э́то письмо́? 這是誰的信？
   <u>Это на́ше письмо́.</u> 這是我們的信。
4. Чья э́то маши́на? 這是誰的車子？
   <u>Это ва́ша маши́на.</u> 這是你們的車子。
5. Чей э́то слова́рь? 這是誰的辭典？
   <u>Это его́ слова́рь.</u> 這是他的辭典。

✽ 短文

請再閱讀短文一次，並回答問題。

1. Кто Ива́н? 伊凡是做什麼的？
   <u>Он студе́нт.</u> 他是大學生。
2. Кто Андре́й Анто́нович? 安德烈‧安東諾維奇是做什麼的？
   <u>Он ме́неджер.</u> 他是經理。
3. А́нна Петро́вна врач? 安娜‧彼得蘿芙娜是醫生嗎？
   <u>Нет, она́ не врач. Она́ учи́тельница.</u> 不，她不是醫生。她是老師。
4. Са́ша то́же студе́нт? 薩沙也是大學生嗎？
   <u>Да, он то́же студе́нт.</u> 是的，他也是大學生。
5. Кто Ю́ля? 尤莉婭是做什麼的？
   <u>Она́ шко́льница.</u> 她是中學生。

03 這是怎麼樣的城市？ Трéтий урóк. Какóй э́то гóрод?

✱ 小試身手1：請按照範例回答問題。

例：Какóй э́то телеви́зор? 這是怎麼樣的電視？
　　Э́то дорогóй телеви́зор. 這是昂貴的電視。

1. Какóй э́то портфéль? 這是怎麼樣的公事包？
   Э́то стáрый портфéль. 這是老舊的公事包。

2. Какáя э́то кни́га? 這是怎麼樣的書？
   Э́то интерéсная кни́га. 這是有趣的書。

3. Каки́е э́то часы́? 這是怎麼樣的時鐘？
   Э́то краси́вые и дешёвые часы́. 這是漂亮且便宜的時鐘。

4. Какóе э́то крéсло? 這是怎麼樣的沙發椅？
   Э́то мáленькое крéсло. 這是小的沙發椅。

5. Каки́е э́то шкафы́? 這是怎麼樣的櫃子？
   Э́то больши́е и нóвые шкафы́. 這是大且新的櫃子。

6. Какóй э́то дом? 這是怎麼樣的房子？
   Э́то ýзкий дом. 這是窄的房子。

✱ 短文

請再閱讀短文一次，並回答問題。

1. Какóй э́то гóрод? 這是怎麼樣的城市？
   Э́то большóй и краси́вый гóрод. 這是大且漂亮的城市。

2. Банк слéва? 銀行在左邊嗎？
   Нет. Банк спрáва. 不是。銀行在右邊。

3. Какáя э́то ýлица? 這是怎麼樣的街道？
   Э́то ýзкая и корóткая ýлица. 這是窄且短的街道。

4. Слéва большáя и́ли мáленькая кóмната? 左邊是大的或小的房間？
   Слéва большáя кóмната. 左邊是大的房間。

5. Э́то нóвый компью́тер? 這是新的電腦嗎？
   Нет. Э́то óчень стáрый компью́тер. 不是。這是很老舊的電腦。

04 你在做什麼呢？ Четвёртый урок. Что ты де́лаешь?

✻ 小試身手1：請寫出動詞各人稱的現在時形式。

人稱	гуля́ть 散步、遊逛	рабо́тать 工作	чита́ть 讀、看
я	гуля́ю	рабо́таю	чита́ю
ты	гуля́ешь	рабо́таешь	чита́ешь
он / она́	гуля́ет	рабо́тает	чита́ет
мы	гуля́ем	рабо́таем	чита́ем
вы	гуля́ете	рабо́таете	чита́ете
они́	гуля́ют	рабо́тают	чита́ют

人稱	звони́ть 打電話	кури́ть 抽菸	смотре́ть 看
я	звоню́	курю́	смотрю́
ты	звони́шь	ку́ришь	смо́тришь
он / она́	звони́т	ку́рит	смо́трит
мы	звони́м	ку́рим	смо́трим
вы	звони́те	ку́рите	смо́трите
они́	звоня́т	ку́рят	смо́трят

✻ 小試身手2：請按照動詞填入人稱代詞正確形式。

1. <u>он</u> чита́ет 他讀
2. <u>мы</u> гото́вим 我們準備
3. <u>ты</u> говори́шь 你說
4. <u>они́</u> слу́шают 他們聽
5. <u>я</u> смотрю́ 我看
6. <u>вы</u> отдыха́ете 您（你們）休息

✱ **小試身手3：請按照範例回答問題。**

例：Что де́лает А́нна? 安娜在做什麼？
　　Она́ чита́ет. 她在閱讀。

1. Что де́лают па́па и ма́ма? 爸爸和媽媽在做什麼？
   Они́ за́втракают. 他們在吃早餐。
2. Что де́лает Воло́дя? 瓦洛佳在做什麼？
   Он пи́шет. 他在寫。
3. Что она́ де́лает? 她在做什麼？
   Она́ звони́т. 她在打電話。
4. Что де́лают де́ти? 孩子們在做什麼？
   Они́ гуля́ют. 他們在散步。
5. Что ты де́лаешь? 你在做什麼？
   Я рабо́таю. 我在工作。

✱ **小試身手4：請用括號內的詞回答。**

1. Студе́нты у́чат грамма́тику. 學生們在學語法。
2. Ива́н чита́ют детекти́в. 伊凡在看偵探小說。
3. Они́ слу́шают ле́кцию. 他們在聽課。
4. Мы смо́трим вы́ставку. 我們在看展覽。
5. Брат реша́ет зада́ния. 哥哥在解習題。

✱ **小試身手5：請按照範例回答問題。**

例：Что де́лает А́нна? 安娜在做什麼？
　　Она́ де́лает дома́шнее зада́ние. 她在寫家庭作業。

1. Что пи́шет студе́нтка? 女學生在寫什麼？
   Она́ пи́шет статью́. 她在寫文章。
2. Что повторя́ет студе́нт? 學生在複習什麼？
   Он повторя́ет слова́. 他在複習詞彙。
3. Что слу́шает Ди́ма? 季馬在聽什麼？
   Он слу́шает ра́дио. 他在聽廣播。

4. Что готовит Александр? 亞歷山大在準備什麼？
   Он готовит ужин. 他在準備晚餐。
5. Что смотрят друзья? 朋友們在觀賞什麼？
   Они смотрят балет. 他們在觀賞芭蕾舞表演。

✱ 小試身手6：請按照句意圈選適當的詞。

1. – Вы знаете (⬭немецкий язык⬭/ по-немецки)? 您知道德語嗎？
   – Я не знаю. Я не говорю (немецкий язык /⬭по-немецки⬭). 我不知道。我不說德語。
2. – Вы хорошо пишете (русский язык /⬭по-русски⬭)! 您俄語寫得真好！
   – Спасибо! Я давно изучаю (⬭русский язык⬭/ по-русски). 謝謝！我學俄語很久了。

✱ 小試身手7：請用反義詞回答。

1. Саша *хорошо* знает русский язык. 薩沙很瞭解俄語。
   А Андрей плохо знает русский язык. 而安德烈不大知道俄語。
2. Иван *мало* говорит по-китайски. 伊凡很少說中文。
   А Ли Бин много говорит по-китайски. 而李賓很常說中文。
3. Борис *редко* готовит завтрак. 鮑里斯很少準備早餐。
   А Таня часто готовит завтрак. 而塔妮婭時常準備早餐。
4. Он *медленно* читает газеты. 他看報紙看得很慢。
   А она быстро читает газеты. 而她看報紙看得很快。
5. Маша *правильно* слушает. 瑪莎聽得正確。
   А Люда неправильно слушает. 而柳達聽得不正確。

✱ 小試身手8：請將單詞組成句子。

1. Владимир каждый день говорит по-русски. 弗拉基米爾每天說俄語。
2. Анна редко читает и пишет по-английски. 安娜很少讀和寫英語。
3. Джон обычно смотрит баскетбол по телевизору. 約翰通常看電視轉播的籃球賽。
4. Ирина не знает корейский язык. 伊琳娜不知道韓語。
5. Виктор хорошо играет в футбол. 維克多足球踢得好。

✱ 短文

請再閱讀短文一次，並回答問題。

1. Эмма америка́нка? Како́й её родно́й язы́к? 艾瑪是美國人嗎？她的母語是什麼？
   Да. Она́ америка́нка. Её родно́й язы́к — англи́йский. 是的。她是美國人。她的母語是英語。
2. Как она́ говори́т по-ру́сски? 她俄語說得如何？
   Она́ уже́ немно́го говори́т по-ру́сски. 她已經會講一點俄語。
3. Что она́ у́чит и слу́шает ка́ждый день? 她每天學和聽什麼？
   Ка́ждый день она́ у́чит слова́ и слу́шает ра́дио. 她每天學詞彙和聽廣播。
4. Что Эмма де́лает в свобо́дное вре́мя? 艾瑪空閒時做什麼？
   В свобо́дное вре́мя она́ чита́ет рома́ны. 空閒時她讀小說。
5. Что она́ и друзья́ иногда́ де́лают ве́чером? 她和朋友們有時候晚上做什麼？
   Ве́чером она́ и друзья́ иногда́ игра́ют в те́ннис. 晚上她和朋友們有時打網球。

05 這條圍巾多少錢？ Пя́тый уро́к. Ско́лько сто́ит э́тот шарф?

✱ 小試身手1：請填入рубль（盧布）正確形式。

1. 50　рубле́й
2. 78　рубле́й
3. 91　рубль
4. 430　рубле́й
5. 12　рубле́й
6. 134　рубля́
7. 256　рубле́й

✱ 小試身手2：請按照句意圈選正確的動詞，並填入рубль正確形式。

1. Кни́ги (сто́ит, ⓢто́ят) 166 рубле́й. 書值166盧布。
2. Газе́та (ⓢто́ит, сто́ят) 33 рубля́. 報紙值33盧布。
3. Тетра́дь (ⓢто́ит, сто́ят) 11 рубле́й. 本子值11盧布。

4. Конве́рт (сто́ит, сто́ят) 25 рубле́й. 信封值25盧布。
5. Журна́лы (сто́ит, сто́ят) 153 рубля́. 雜誌值153盧布。

* **小試身手3：請按照範例回答問題。**

例：Ско́лько сто́ит пла́тье? 連衣裙多少錢？
　　Оно́ сто́ит 990 рубле́й. 它值990盧布。

1. Ско́лько сто́ят брю́ки? 褲子多少錢？
   Они́ сто́ят 560 рубле́й. 它值560盧布。
2. Ско́лько сто́ит ша́пка? 毛帽多少錢？
   Она́ сто́ит 299 рубле́й. 它值299盧布。
3. Ско́лько сто́ят перча́тки? 手套多少錢？
   Они́ сто́ят 213 рубле́й. 它值213盧布。
4. Ско́лько сто́ит шарф? 圍巾多少錢？
   Он сто́ит 255 рубле́й. 它值255盧布。
5. Ско́лько сто́ят джи́нсы? 牛仔褲多少錢？
   Они́ сто́ят 934 рубля́. 它值934盧布。

* **小試身手4：請填入指示代詞 э́тот（這個）正確形式。**

1. Э́то молоко́ сто́ит 30 рубле́й. 這瓶牛奶值30盧布。
2. Э́та ко́мната ма́ленькая. 這間房間很小。
3. Э́ти очки́ сто́ят 799 рубле́й. 這副眼鏡值799盧布。
4. Э́тот стул большо́й. 這張椅子很大。
5. Э́та тетра́дь сто́ит 10 рубле́й. 這本本子值10盧布。

* **小試身手5：請按照句意填入動詞 нра́виться（喜歡）與指示代詞 э́тот（這個）正確形式。**

1. Мне нра́вится э́то пальто́. 我喜歡這件大衣。
2. Вам нра́вится э́та ма́ленькая кварти́ра? 您喜歡這個小住宅嗎？
3. Мне нра́вятся э́ти си́ние перча́тки. 我喜歡這雙藍色手套。
4. Мне нра́вится э́тот большо́й ру́сско-кита́йский слова́рь. 我喜歡這本大俄漢辭典。
5. Вам нра́вится э́та чёрная ша́пка? 您喜歡這頂黑色毛帽嗎？

✱ 小試身手6：請按照句意填入動詞 хотéть（想要）與指示代詞 э́тот（這個）正確形式。

1. Ты <u>хо́чешь</u> <u>э́ту</u> тетра́дь? 你想要這本本子嗎？
2. Я <u>хочу́</u> посмотре́ть <u>э́тот</u> фильм. 我想看這部影片。
3. Вы <u>хоти́те</u> чита́ть <u>э́ту</u> кни́гу? 你們想讀這本書嗎？
4. Они́ <u>хотя́т</u> <u>э́ти</u> си́ние ша́пки. 他們想要這些藍色毛帽。
5. Её сестра́ <u>хо́чет</u> <u>э́то</u> кре́сло. 她的姊姊想要這張單人沙發椅。

✱ 小試身手7：請將單詞組成句子。

1. <u>Каки́е часы́ вам нра́вятся?</u> 您喜歡哪只手錶？
2. <u>Ма́ма хо́чет э́ту су́мку.</u> 媽媽想要這個包包。
3. <u>Его́ де́вушка хо́чет э́ти сапоги́.</u> 他的女朋友想要這雙靴子。
4. <u>Мне нра́вится э́та газе́та.</u> 我喜歡這份報紙。
5. <u>Ско́лько стоя́т э́ти чёрные джи́нсы?</u> 這件黑色牛仔褲多少錢？

✱ 短文

請再閱讀短文一次，並回答問題。

1. Жёлтый шарф сто́ит 145 рубле́й? 黃色圍巾值145盧布嗎？
   <u>Нет. Он сто́ит 154 рубля́.</u> 不。它值154盧布。
2. Ско́лько сто́ит э́та си́няя ша́пка? 這頂藍色毛帽多少錢？
   <u>Она́ сто́ит 199 рубле́й.</u> 它值199盧布。
3. Како́е пальто́ сто́ит 585 рубле́й? 哪件大衣值585盧布？
   <u>Это бе́лое пальто́ сто́ит 585 рубле́й.</u> 這件白色大衣值585盧布。
4. Э́ти джи́нсы дешёвые? 這件牛仔褲便宜嗎？
   <u>Нет. Э́ти джи́нсы дороги́е.</u> 不。這件牛仔褲是昂貴的。
5. Ско́лько стоя́т э́ти джи́нсы? 這件牛仔褲多少錢？
   <u>Они́ стоя́т 999 рубле́й.</u> 它值999盧布。

06 昨天你去哪裡了？ Шестóй урóк. Где ты был вчерá?

✱ 小試身手1：請用括號內的詞回答。

1. Я обéдаю в <u>ресторáне</u>. 我在餐廳吃午餐。
2. Дéти гуляют на <u>плóщади</u>. 孩子們在廣場散步。
3. Нѝна сейчáс на <u>ýлице</u>. 妮娜現在在街上。
4. Рýчка в <u>тетрáди</u>, а карандáш на <u>словарé</u>. 筆在本子裡，而鉛筆在辭典上。
5. Студéнты слýшают лéкцию в <u>аудитóрии</u>. 大學生們在教室裡聽課。

✱ 小試身手2：請按照範例回答問題。

例：Где ýчится Юля? 尤莉婭在哪裡就讀？
　　Онá ýчится в шкóле. 她讀中學。

1. Где гуляет бáбушка? 奶奶在哪裡散步？
<u>Онá гуляет в пáрке.</u> 她在公園散步。
2. Где студéнтка читáет кнѝгу? 女大學生在哪裡看書？
<u>Онá читáет кнѝгу в библиотéке.</u> 她在圖書館看書。
3. Где отдыхáют друзья? 朋友們在哪裡休息？
<u>Онѝ отдыхáют на мóре.</u> 他們在海邊休息。
4. Где ýчатся Ирѝна и Нáстя? 伊琳娜和娜斯佳在哪裡讀書？
<u>Онѝ ýчатся во Фрáнции.</u> 她們在法國讀書。
5. Где живýт студéнты? 學生們住在哪裡？
<u>Онѝ живýт в общежѝтии.</u> 他們住在宿舍。
6. Где ýжинает Ивáн? 伊凡在哪裡吃晚餐？
<u>Он ýжинает дóма.</u> 他在家吃晚餐。

* 小試身手3：請寫出動詞各人稱的過去時形式。

人稱	игра́ть 玩、演奏	ду́мать 想、考慮	чита́ть 讀、看	смотре́ть 觀看、欣賞
он	игра́л	ду́мал	чита́л	смотре́л
она́	игра́ла	ду́мала	чита́ла	смотре́ла
они́	игра́ли	ду́мали	чита́ли	смотре́ли

* 小試身手4：請將句子改成過去時。

1. Мы гуля́ем. 我們在散步。
   Мы гуля́ли. 我們散了步。
2. Она́ игра́ет. 她在玩。
   Она́ игра́ла. 她玩過。
3. Никола́й рабо́тает. 尼古拉在工作。
   Никола́й рабо́тал. 尼古拉工作了。
4. Ива́н и Анто́н чита́ют. 伊凡和安東在讀。
   Ива́н и Анто́н чита́ли. 伊凡和安東讀了。
5. Друзья́ смо́трят. 朋友們在觀看。
   Друзья́ смотре́ли. 朋友們觀看了。
6. Де́вушка пи́шет. 女孩在寫。
   Де́вушка писа́ла. 女孩寫了。

* 小試身手5：請按照範例回答問題。

例：Что де́лал Ива́н вчера́? 昨天伊凡做了什麼？
　　Вчера́ он рабо́тал в библиоте́ке. 昨天他在圖書館工作。

1. Что де́лали де́ти у́тром? 早上孩子們做了什麼？
   У́тром они́ гуля́ли в па́рке. 早上他們在公園散步。
2. Где она́ жила́ ра́ньше? 之前她曾住過哪裡？
   Ра́ньше она́ жила́ в Англии. 之前她住過英國。
3. Что они́ де́лали в суббо́ту? 星期六他們做了什麼？
   В суббо́ту они́ игра́ли в баскетбо́л на стадио́не. 星期六他們在體育場打了籃球。

4. Что де́лал Бори́с днём? 中午鮑里斯做了什麼？
   Днём он обе́дал в столо́вой. 中午他在食堂吃了午餐。

✻ 小試身手6：請填入 быть 過去時正確形式。

1. Анна <u>была́</u> на вокза́ле. 安娜去過車站。
2. Кто <u>был</u> в аудито́рии? 誰去過教室？
3. Па́па <u>был</u> в ко́мнате, а ма́ма <u>была́</u> в ку́хне. 爸爸去過房間，而媽媽去過廚房。
4. Что <u>бы́ло</u> в теа́тре? 劇院舉辦過什麼？
5. У́тром Ни́на не <u>была́</u> до́ма. Она́ <u>была́</u> на рабо́те. 早上時妮娜不在家。她在上班。

✻ 小試身手7：請將單詞組成句子。

1. <u>В понеде́льник в университе́те бы́ло собра́ние.</u> 星期一在學校舉辦過會議。
2. <u>Кто был на ле́кции вчера́?</u> 昨天誰去上過課？
3. <u>Ве́чером в общежи́тии был ве́чер.</u> 晚上在宿舍曾有晚會。
4. <u>В воскресе́нье в музе́е была́ вы́ставка.</u> 星期日在博物館曾有展覽。
5. <u>В суббо́ту в шко́ле была́ экску́рсия.</u> 星期六在學校舉辦過遊覽。

✻ 短文
請再閱讀短文一次，並回答問題。

1. Кто был в теа́тре вчера́ ве́чером? 昨天晚上誰去過劇院？
   <u>Вчера́ ве́чером в теа́тре бы́ли Эмма и Анна.</u> 昨天晚上去過劇院的是艾瑪和安娜。
2. Почему́ Эмма и Анна смотре́ли ру́сский бале́т «Лебеди́ное о́зеро»? 為什麼艾瑪和安娜欣賞了俄羅斯芭蕾舞劇《天鵝湖》？
   <u>Они́ смотре́ли э́тот бале́т, потому́ что э́то их люби́мый бале́т.</u> 她們欣賞了這齣芭蕾舞劇，因為這是她們喜愛的芭蕾。
3. Где был Ян Мин? 楊明去過哪裡？
   <u>Он был в музе́е.</u> 他去過博物館。
4. Почему́ Ива́н был до́ма? 為什麼伊凡待在家？
   <u>Ива́н был до́ма, потому́ что он до́лжен де́лать дома́шнее зада́ние.</u> 伊凡待在家，因為他應該做作業。
5. Где был и что де́лал Лу́кас вчера́? 昨天盧卡斯在哪裡做了什麼？
   <u>Вчера́ он игра́л в футбо́л на стадио́не.</u> 昨天他在體育場踢足球。

07 你要去哪裡？ Седьмо́й уро́к. Куда́ ты идёшь?

✻ 小試身手1：請用括號內的詞完成句子。

1. Сестра́ <u>идёт в шко́лу</u>. 姊姊去學校。
2. Вы <u>е́дете во Фра́нцию</u>? 你們去法國嗎？
3. А́нна <u>е́дет в дере́вню на маши́не</u>. 安娜搭車去鄉村。
4. Ты <u>идёшь в теа́тр на бале́т</u>? 你去劇院看芭蕾舞表演嗎？
5. Я <u>е́ду в магази́н на велосипе́де</u>. 我騎腳踏車去商店。

✻ 小試身手2：請按照句意填入идти – ходи́ть或е́хать – е́здить正確形式。

1. – Куда́ ты <u>идёшь</u>? 你要去哪裡？
   – Я <u>иду́</u> в институ́т. 我去學校。
   – Ты всегда́ <u>хо́дишь</u> пешко́м? 你總是走路去？
   – Нет, я иногда́ <u>хожу́</u> пешко́м, иногда́ <u>е́зжу</u> на метро́. 不，我有時候走路去，有時候搭地鐵去。

2. Ба́бушка лю́бит <u>ходи́ть</u> на ры́нок. Она́ <u>хо́дит</u> туда́ ка́ждое у́тро. Сейча́с она́ и де́душка вме́сте <u>е́дут</u> туда́ на авто́бусе. 奶奶喜愛去市場。她每個早上去那裡。現在她和爺爺一起搭公車去那裡。

✻ 小試身手3：請按照範例回答問題。

例： Куда́ иду́т друзья́? 朋友們去哪裡？
   Они́ иду́т в парк. 他們去公園。

1. Куда́ идёт Ви́ктор? 維克多去哪裡？
   <u>Он идёт на стадио́н.</u> 他去體育場。
2. Куда́ иду́т бра́тья? 兄弟們去哪裡？
   <u>Они́ иду́т на заво́д.</u> 他們去工廠。
3. Куда́ е́здит семья́ ка́ждое ле́то? 每個夏天家人去哪裡？
   <u>Ка́ждое ле́то семья́ е́здит в Петерго́ф.</u> 每個夏天家人去彼得霍夫宮。
4. Куда́ он хо́дит ка́ждый ве́чер? 他每個晚上去哪裡？
   <u>Ка́ждый ве́чер он хо́дит в библиоте́ку.</u> 他每個晚上去圖書館。

5. Куда́ идёт преподава́тель? 老師去哪裡？
   Он идёт на ле́кцию. 他去講課。
6. Куда́ вы е́дете сейча́с? 您（你們）現在去哪裡？
   Сейча́с я е́ду / мы е́дем на да́чу. 我（我們）現在去鄉間小屋。

* **小試身手4：請用括號內的詞完成句子。**

1. Вчера́ преподава́тель и студе́нты е́здили на экску́рсию в музе́й. 昨天老師和學生們去參觀了博物館。
2. Позавчера́ де́ти ходи́ли в цирк. 前天孩子們去看了馬戲團表演。
3. В суббо́ту ма́ма ходи́ла в поликли́нику. 星期六媽媽去了醫院。
4. Ле́том Ива́н е́здил в Коре́ю. 夏天伊凡去了韓國。
5. Почему́ Юрий не ходи́л на уро́к вчера́? 為什麼昨天尤里沒去上課？

* **小試身手5：請用「ходи́ть, е́здить куда́?」與「быть где?」互換句子。**

例：В понеде́льник мы бы́ли в бассе́йне. 星期一我們去了游泳池。
1. Утром Са́ша ходи́л в лаборато́рию. 早上薩沙去了實驗室。
2. Вчера́ вы бы́ли в музе́е? 昨天你們去了博物館嗎？
3. Мы е́здили в Петербу́рг. 我們去了彼得堡。

* **小試身手6：請用「ходи́ть, е́здить куда́?」與「быть где?」回答問題。**

例：Куда́ ходи́л брат? 哥哥去了哪裡？
   Он ходи́л в клуб. Он был в клу́бе. 他去了俱樂部。
1. Куда́ е́здила Ира зимо́й? 冬天伊拉去了哪裡？
   Зимо́й она́ е́здила в Аме́рику. Зимо́й она́ была́ в Аме́рике. 冬天她去了美國。
2. Куда́ ходи́л Ива́н? 伊凡去了哪裡？
   Он ходи́л в столо́вую. Он был в столо́вой. 他去了食堂。
3. Где бы́ли друзья́ ве́чером? 晚上朋友們去了哪裡？
   Ве́чером они́ ходи́ли на конце́рт. Ве́чером они́ бы́ли на конце́рте. 晚上他們去了音樂會。

✻ 小試身手7：請用括號內的詞完成句子。

1. Са́ша лю́бит <u>па́пу и ма́му</u>. 薩沙愛爸爸和媽媽。
2. Преподава́тель спра́шивает <u>студе́нта</u>. 老師問學生。
3. Вы зна́ете <u>Макси́ма Юрьевича</u>? 您知道馬克西姆‧尤里耶維奇嗎？
4. Она́ ви́дела не <u>Андре́я</u>, а <u>Игоря</u>. 她看到的不是安德烈，而是伊格爾。

✻ 小試身手8：請用括號內的詞完成句子。

1. Здра́вствуйте! <u>Меня́</u> зову́т Игорь. Это мой друг. <u>Его́</u> зову́т Са́ша. 您好！我名字叫伊格爾。這是我的朋友。他名字叫薩沙。
2. Это Эмма. Вы зна́ете <u>её</u>? 這是艾瑪。您知道她嗎？
3. Бра́тья там. Я ви́дел <u>их</u>. 兄弟們在那裡。我看見了他們。
4. Подру́га ча́сто спра́шивает <u>меня́</u>. 朋友時常問我。

✻ 小試身手9：請用括號內的詞回答問題。

1. Кого́ спра́шивает учи́тель? 老師在問誰？
   <u>Учи́тель спра́шивает Ми́шу.</u> 老師在問米沙。
2. Кого́ ви́дел студе́нт? 學生看見了誰？
   <u>Студе́нт ви́дел преподава́теля Ви́ктора Андре́евича.</u> 學生看見了維克多‧安德烈耶維奇老師。
3. Кого́ он зна́ет? 他知道誰？
   <u>Он зна́ет врача́.</u> 他知道醫生。
4. Кого́ лю́бит Ко́стя? 柯斯嘉愛誰？
   <u>Ко́стя лю́бит Мари́ну.</u> 柯斯嘉愛瑪麗娜。

✻ 短文

請再閱讀短文一次，並回答問題。

1. Куда́ хо́дит Эмма ка́ждый день? 艾瑪每天去哪裡？
   <u>Ка́ждый день она́ хо́дит в библиоте́ку.</u> 她每天去圖書館。
2. Куда́ идёт Эмма сейча́с? 艾瑪現在去哪裡？
   <u>Сейча́с она́ идёт в кни́жный магази́н.</u> 現在她去書店。

3. На чём Лу́кас е́здит на стадио́н? 盧卡斯搭乘什麼交通工具去體育場？
   Он е́здит на стадио́н на метро́. 他搭乘地鐵去體育場。
4. Кого́ Лу́кас ви́дел в бассе́йне вчера́? 昨天盧卡斯在游泳池看見了誰？
   Вчера́ в бассе́йне он ви́дел Ви́ктора и Ната́шу. 昨天在游泳池他看見了維克多和娜塔莎。
5. Куда́ Ян Мин и друзья́ ходи́ли в суббо́ту? 星期六楊明和朋友們去了哪裡？
   В суббо́ту они́ ходи́ли на у́жин в рестора́н. 星期六他們去餐廳吃晚餐。

08 你明天將要做什麼？ Восьмо́й уро́к. Что ты бу́дешь де́лать за́втра?

✱ 小試身手1：請填入быть將來時正確形式。

1. Друзья́ <u>бу́дут</u> есть ры́бу, а я <u>бу́ду</u> есть колбасу́. 朋友們將要吃魚，而我要吃香腸。
2. Кто <u>бу́дет</u> обе́дать в рестора́не? 誰要去餐廳吃午餐？
3. Анто́н, что ты <u>бу́дешь</u> де́лать сего́дня ве́чером? 安東，今天晚上你將要做什麼？
4. За́втра мы <u>бу́дем</u> покупа́ть проду́кты в магази́не. 明天我們將到商店買食物。
5. Вы <u>бу́дете</u> пить сок? 您要喝果汁嗎？

✱ 小試身手2：請將現在時句子改成過去時與將來時。

例：Он ест мя́со и капу́сту. 他吃肉和高麗菜。
　　Он ел мя́со и капу́сту. Он бу́дет есть мя́со и капу́сту. 他吃了肉和高麗菜。他將吃肉和高麗菜。

1. Ма́ма гото́вит обе́д до́ма. 媽媽在家準備午餐。
   <u>Ма́ма гото́вила обе́д до́ма. Ма́ма бу́дет гото́вить обе́д до́ма.</u> 媽媽在家準備了午餐。媽媽將在家準備午餐。
2. Мы на уро́ке. 我們在上課。
   <u>Мы бы́ли на уро́ке. Мы бу́дем на уро́ке.</u> 我們上過課。我們將上課。
3. Ты пьёшь молоко́ у́тром? 早上你喝牛奶嗎？
   <u>Ты пил(а́) молоко́ у́тром? Ты бу́дешь пить молоко́ у́тром?</u> 早上你喝牛奶了嗎？早上你將喝牛奶嗎？

4. Сейча́с в шко́ле ве́чер. 現在在學校舉辦晚會。

   В шко́ле был ве́чер. В шко́ле бу́дет ве́чер. 在學校舉辦了晚會。在學校將舉辦晚會。

5. Вы у́жинаете в кафе́? 你們在咖啡館吃晚餐嗎？

   Вы у́жинали в кафе́? Вы бу́дете у́жинать в кафе́? 你們在咖啡館吃了晚餐嗎？你們將在咖啡館吃晚餐嗎？

* **小試身手3：請按照範例完成句子。**

例：Юрий смо́трит э́тот фильм. Ви́ктор уже́ посмотре́л э́тот фильм. 尤里在看這部影片。維克多已經看完了這部影片。

1. Сестра́ ест мя́со и рис. Брат уже́ съел мя́со и рис. 妹妹吃肉和米飯。弟弟已經吃完肉和米飯了。

2. Эмма у́чит слова́. Лу́кас уже́ вы́учил слова́. 艾瑪在學詞彙。盧卡斯已經學完詞彙了。

3. И́горь пи́шет письмо́. И́ра уже́ написа́ла письмо́. 伊格爾在寫信。伊拉已經寫好信了。

4. Ма́ма бу́дет покупа́ть проду́кты. Ба́бушка уже́ купи́ла проду́кты. 媽媽將買食物。奶奶已經買好食物了。

5. Джон реша́ет зада́ния. Мари́я и Та́ня уже́ реши́ли зада́ния. 約翰在解習題。瑪莉婭和塔妮婭已經解好題了。

* **小試身手4：請按照範例完成句子。**

例：Я ещё не написа́л письмо́. Я напишу́ письмо́ за́втра. 我還沒寫完信。我明天將寫完信。

1. Брат ещё не повтори́л грамма́тику. Он повтори́т ве́чером. 哥哥還沒複習完語法。晚上他將複習完。

2. Мы ещё не купи́ли во́ду. Мы ку́пим пото́м. 我們還沒買水。我們之後將買好。

3. – Они́ съе́ли ры́бу? – Ещё нет. Они́ съедя́т пото́м. – 他們把魚吃完了嗎？– 還沒。他們之後將吃完。

4. Ты ещё не вы́учил э́ти слова́? Ты вы́учишь э́ти слова́ за́втра? 你還沒學會這些詞彙嗎？你明天將學完這些詞彙嗎？

5. Мари́я пьёт сок. Она́ ско́ро вы́пьет сок. 瑪莉婭在喝果汁。她馬上喝完果汁。

附錄：練習題解答　　257

✻ 小試身手5：請看時鐘並回答「Ско́лько сейча́с вре́мени?（現在幾點？）」。

1. Сейча́с два часа́ два́дцать три мину́ты. 02:23
   Сейча́с четы́рнадцать часо́в два́дцать три мину́ты. 14:23
2. Сейча́с семь часо́в оди́ннадцать мину́т. 07:11
   Сейча́с девятна́дцать часо́в оди́ннадцать мину́т. 19:11
3. Сейча́с три часа́. 03:00
   Сейча́с пятна́дцать часо́в. 15:00
4. Сейча́с де́вять часо́в три́дцать мину́т. 09:30
   Сейча́с два́дцать оди́н час три́дцать мину́т. 21:30
5. Сейча́с час пятьдеся́т де́вять мину́т. 01:59
   Сейча́с трина́дцать часо́в пятьдеся́т де́вять мину́т. 13:59

✻ 小試身手6：請看時鐘並回答問題。

1. Как до́лго Ната́ша слу́шала ра́дио? 娜塔莎聽廣播聽了多久？
   Она́ слу́шала ра́дио 75 мину́т / час 15 мину́т. 她聽廣播聽了75分鐘 / 1小時15分鐘。
2. Когда́ Лу́кас позвони́л домо́й? 盧卡斯什麼時候打了電話回家？
   Он позвони́л домо́й в 9 часо́в 20 мину́т. 他在9點20分時打了電話回家。
3. Как до́лго гуля́л Анто́н в па́рке? 安東在公園裡散步了多久？
   Он гуля́л в па́рке 3 часа́. 他在公園裡散步3小時。
4. Как до́лго Мари́я слу́шает ле́кцию? 瑪莉婭聽課聽多久？
   Она́ слу́шает ле́кцию 90 мину́т / час 30 мину́т. 她聽課聽90分鐘 / 1小時30分鐘。
5. Когда́ бу́дет конце́рт? 音樂會將於何時舉行？
   Конце́рт бу́дет в 7 часо́в. 音樂會將於7點舉行。

✻ 短文

請再閱讀短文一次，並回答問題。

1. Когда́ Ива́н всегда́ встаёт в пя́тницу? А в э́ту суббо́ту? 星期五時伊凡總是在幾點起床？那這個星期六呢？
   Он всегда́ встаёт в 10 часо́в и́ли 11. А в суббо́ту у́тром он встал в 8 часо́в.
   他總是在10點或11點起床。而星期六早上他8點起床。

2. Как он обы́чно за́втракает? А в э́ту суббо́ту? 他通常如何吃早餐？那這個星期六呢？

   Он обы́чно за́втракает ме́дленно. А в суббо́ту он поза́втракал бы́стро. 他早餐通常吃得慢。而星期六時早餐很快吃完了。

3. Что Ива́н и А́нна бу́дут де́лать в суббо́ту ве́чером? 星期六晚上伊凡和安娜將做什麼？

   В суббо́ту ве́чером они́ бу́дут слу́шать о́перу в теа́тре. 星期六晚上他們將到劇院聽歌劇。

4. Как до́лго Ива́н ждал А́нну? 伊凡等安娜等了多久？

   Он ждал её 30 мину́т. 他等她等了30分鐘。

5. Что вспо́мнил Ива́н? 伊凡想起了什麼？

   Он вспо́мнил, что он забы́л биле́ты до́ма. 他想起了，他把票忘在家裡。

09 你有圍巾嗎？ Девя́тый уро́к. У тебя́ есть шарф?

* 小試身手1：請按照句意填入名詞正確形式，表達（誰）有或沒有（人或物）。

1. У Юли есть краси́вая су́мка. 尤莉婭有漂亮的包包。
2. У Ди́мы и Мари́ны нет кварти́ры. 季馬和瑪麗娜沒有公寓住宅。
3. У де́душки есть интере́сная кни́га. 爺爺有有趣的書。
4. У На́ди нет уче́бника. 娜佳沒有課本。
5. У Никола́я есть перча́тки. 尼古拉有手套。

* 小試身手2：請按照句意填入人稱代詞正確形式，表達（誰）有或沒有（人或物）。

1. У него́ есть маши́на, а у неё нет маши́ны. 他有車子，而她沒有車子。
2. У тебя́ есть ру́чка? 你有筆嗎？
3. У меня́ есть брат и сестра́. 我有哥哥和姊姊。
4. У них есть ко́мната. 他們有房間。
5. – У вас есть вода́? – Нет, у нас нет воды́. – 你們有水嗎？ – 不，我們沒有水。

✲ 小試身手3：請按照範例用否定句回答。

例：У Андре́я есть тетра́дь? <u>Нет, у него́ нет тетра́ди.</u> 安德烈有本子嗎？不，他沒有本子。

1. У отца́ есть вре́мя? <u>Нет, у него́ нет вре́мени.</u> 父親有時間嗎？不，他沒有時間。
2. У тебя́ есть я́блоко? <u>Нет, у меня́ нет я́блока.</u> 你有蘋果嗎？不，我沒有蘋果。
3. У них есть игру́шка? <u>Нет, у них нет игру́шки.</u> 他們有玩具嗎？不，他們沒有玩具。
4. У тёти есть колбаса́? <u>Нет, у неё нет колбасы́.</u> 阿姨有香腸嗎？不，她沒有香腸。
5. У Ю́рия Ива́новича есть портфе́ль? <u>Нет, у него́ нет портфе́ля.</u> 尤里‧伊凡諾維奇有公事包嗎？不，他沒有公事包。

✲ 小試身手4：請按照句意填入名詞正確形式。

1. Вчера́ он купи́л журна́л <u>Ви́ктору</u>. 昨天他買了雜誌給維克多。
2. За́втра я позвоню́ <u>На́де</u> по телефо́ну. 明天我將打電話給娜佳。
3. Па́па пода́рит гита́ру <u>сестре́</u>. 爸爸將送吉他給姊姊。
4. Э́ти студе́нты ча́сто помога́ют <u>преподава́телю</u>. 這些學生時常幫老師。
5. Он дал тетра́дь <u>Никола́ю</u>. 他把本子給了尼古拉。

✲ 小試身手5：請按照句意填入人稱代詞正確形式。

1. Он показа́л <u>мне</u> фо́то. 他給我看了照片。
2. Они́ <u>тебе́</u> сказа́ли? 他們告訴你了嗎？
3. Мы напи́шем <u>вам</u> письмо́. 我們將寫信給您。
4. Он всегда́ помога́ет <u>ей</u>. 他總是幫助她。
5. Кто сказа́л <u>им</u>? 誰告訴了他們？

✲ 小試身手6：請按照範例完成句子。

例：У Ю́рия нет фотоальбо́ма. Мы пода́рим <u>фотоальбо́м Ю́рию</u>. 尤里沒有相簿。我們將送相簿給尤里。

1. Ви́ка пло́хо себя́ чу́вствует. Мы помо́жем <u>Ви́ке</u>. 薇卡覺得不舒服。我們將幫助薇卡。

2. У Ива́на нет ви́лки. Я дам <u>ви́лку Ива́ну.</u> 伊凡沒有叉子。我將給伊凡叉子。

3. У вас нет словаря́? Я подарю́ <u>вам слова́рь.</u> 您沒有辭典嗎？我將送您辭典。

4. У ма́мы нет зонта́. Я дам <u>зонт ма́ме.</u> 媽媽沒有雨傘。我將給媽媽傘。

5. Они́ лю́бят есть колбасу́. Я куплю́ <u>им колбасу́.</u> 他們愛吃香腸。我將買香腸給他們。

✻ 小試身手7：請按照範例完成句子。

例：Ната́ше 40 лет. Ната́ше бы́ло 40 лет. Ната́ше бу́дет 40 лет. 娜塔莎40歲。當時娜塔莎40歲。娜塔莎將40歲。

1. <u>Ей 22 го́да. Ей бы́ло 22 го́да. Ей бу́дет 22 го́да.</u> 她22歲。當時她22歲。她將22歲。

2. <u>Воло́де 6 лет. Воло́де бы́ло 6 лет. Воло́де бу́дет 6 лет.</u> 瓦洛佳6歲。當時瓦洛佳6歲。瓦洛佳將6歲。

3. <u>Ди́ме 23 го́да. Ди́ме бы́ло 23 го́да. Ди́ме бу́дет 23 го́да.</u> 季馬23歲。當時季馬23歲。季馬將23歲。

4. <u>Нам 14 лет. Нам бы́ло 14 лет. Нам бу́дет 14 лет.</u> 我們14歲。當時我們14歲。我們將14歲。

5. <u>Отцу́ 61 год. Отцу́ был 61 год. Отцу́ бу́дет 61 год.</u> 父親61歲。當時父親61歲。父親將61歲。

✻ 短文

請再閱讀短文一次，並回答問題。

1. Ско́лько лет Лу́касу сейча́с? 盧卡斯現在幾歲？
<u>Сейча́с ему́ 20 лет.</u> 他現在20歲。

2. Что Анна хо́чет подари́ть Лу́касу? Почему́? 安娜想送盧卡斯什麼？為什麼？
<u>Она́ хо́чет подари́ть Лу́касу ча́шку, потому́ что ему́ нра́вится пить чай.</u> 她想送盧卡斯茶杯，因為他喜歡喝茶。

3. Что Ива́н хо́чет подари́ть Лу́касу? Почему́? 伊凡想送盧卡斯什麼？為什麼？
<u>Он хо́чет подари́ть Лу́касу мяч, потому́ что он лю́бит игра́ть в футбо́л.</u> 他想送盧卡斯球，因為他愛踢足球。

4. Что у Лу́каса уже́ есть? А чего́ ещё нет? 盧卡斯已經有什麼？而還沒有什麼？
<u>У него́ уже́ есть ча́шка и мяч. А у него́ ещё нет ша́рфа и ша́пки.</u> 他已經有茶杯和球了。他還沒有圍巾和毛帽。

5. Что друзья́ реши́ли подари́ть Лу́касу? 朋友們決定送什麼給盧卡斯？
   Они́ реши́ли подари́ть ему́ шарф и ша́пку. 他們決定送他圍巾和毛帽。

10 昨天你跟誰在一起？ Деся́тый уро́к. С кем ты был вчера́?

※ 小試身手1：請按照句意填入提示詞正確形式。

1. Вчера́ Андре́й занима́лся фи́зикой в библиоте́ке. 昨天安德烈在圖書館讀物理學。
2. – Кем Эмма хо́чет стать? – Она́ хо́чет стать экскурсово́дом. – 艾瑪想成為什麼？– 她想成為導遊。
3. Ви́ктор лю́бит занима́ться филосо́фией. Он бу́дет филосо́фом. 維克多喜愛讀哲學。他將是哲學家。
4. – Чем ты бу́дешь занима́ться за́втра? – За́втра я бу́ду занима́ться литерату́рой. – 明天你將要做什麼？– 明天我將讀文學。
5. Ра́ньше Дми́трий был писа́телем. Тепе́рь он рабо́тает журнали́стом. 之前德米特里曾是作家。現今他從事記者工作。

※ 小試身手2：請按照句意填入前置詞加名詞正確形式。

1. Мне нра́вится мя́со с карто́фелем. 我喜歡肉配馬鈴薯。
2. Да́йте, пожа́луйста, ко́фе с молоко́м. 請給咖啡加奶。
3. Ты хо́чешь чай с лимо́ном? 你想要茶加檸檬嗎？
4. Вчера́ Анто́н с А́нной занима́лись кита́йским языко́м. 昨天安東和安娜讀中文。
5. Мать гуля́ет в па́рке с до́черью. 母親帶女兒在公園散步。

※ 小試身手3：請按照句意填入人稱代詞正確形式。

1. Сестра́ хо́чет игра́ть на компью́тере с тобо́й. 妹妹想和你玩電腦。
2. Они́ с ним бу́дут в бассе́йне. 他們和他將去游泳池。
3. Мы с ней вме́сте подари́ли Ле́не духи́. 我們和她一起送了香水給列娜。

4. В суббо́ту Анто́н ходи́л в теа́тр с на́ми. 星期六安東和我們去了劇院。

5. Лу́кас всегда́ игра́ет в баскетбо́л со мной. 盧卡斯總是和我打籃球。

✳ 短文

請再閱讀短文一次，並回答問題。

1. С кем Ива́н живёт в Москве́? 伊凡和誰住在莫斯科？
   Он живёт в Москве́ с семьёй. 他和家人住在莫斯科。

2. Кем рабо́тают Андре́й Анто́нович и А́нна Петро́вна? 安德烈‧安東諾維奇與安娜‧彼得蘿芙娜從事什麼工作？
   Андре́й Анто́нович рабо́тает ме́неджером, и А́нна Петро́вна рабо́тает учи́тельницей. 安德烈‧安東諾維奇是經理，安娜‧彼得蘿芙娜是老師。

3. Что изуча́ет Ива́н? Кем он хо́чет стать? 伊凡學什麼？他想成為什麼？
   Он изуча́ет исто́рию. Он хо́чет стать исто́риком. 他學歷史。他想成為歷史學家。

4. Кто хо́чет рабо́тать фи́зиком? 誰想從事物理學工作？
   Фи́зиком хо́чет рабо́тать Са́ша. 想從事物理學工作的是薩沙。

5. Сестра́ то́же хо́чет рабо́тать фи́зиком? 妹妹也想從事物理學工作嗎？
   Нет. Она́ хо́чет быть и музыка́нтом, и худо́жником, и спортсме́нкой. 不。她既想當音樂工作者，也想當畫家，還想當運動員。

memo

國家圖書館出版品預行編目資料

我的第一堂俄語課 新版 / 吳佳靜著
--修訂二版--臺北市：瑞蘭國際, 2024.08
272面；19×26公分 --（外語學習系列；136）
ISBN：978-626-7473-48-1（平裝）
1. CST：俄語 2. CST：讀本

806.18　　　　　　　　　　113010724

外語學習系列 136

我的第一堂俄語課 新版

作者｜吳佳靜・責任編輯｜潘治婷、王愿琦
校對｜吳佳靜、潘治婷、王愿琦

俄語錄音｜莉托斯卡（Maria Litovskaya）、薩承科（Aleksandr Savchenko）
錄音室｜純粹錄音後製有限公司
封面設計、版型設計、內文排版｜陳如琪・美術插畫｜614

瑞蘭國際出版

董事長｜張暖彗・社長兼總編輯｜王愿琦
編輯部
副總編輯｜葉仲芸・主編｜潘治婷
設計部主任｜陳如琪
業務部
經理｜楊米琪・主任｜林湲洵・組長｜張毓庭

出版社｜瑞蘭國際有限公司・地址｜台北市大安區安和路一段104號7樓之1
電話｜(02)2700-4625・傳真｜(02)2700-4622・訂購專線｜(02)2700-4625
劃撥帳號｜19914152 瑞蘭國際有限公司
瑞蘭國際網路書城｜www.genki-japan.com.tw

法律顧問｜海灣國際法律事務所　呂錦峯律師

總經銷｜聯合發行股份有限公司・電話｜(02)2917-8022、2917-8042
傳真｜(02)2915-6275、2915-7212・印刷｜科億印刷股份有限公司
出版日期｜2024年08月初版1刷・定價｜550元・ISBN｜978-626-7473-48-1

◎ 版權所有・翻印必究
◎ 本書如有缺頁、破損、裝訂錯誤，請寄回本公司更換

PRINTED WITH SOY INK　本書採用環保大豆油墨印製